香港職場粵語教程

劉衛林　蘇德芬 —— 編著

商務印書館

責任編輯	毛宇軒
排　版	高向明
印　務	龍寶祺

香港職場粵語教程

編　著	劉衛林　蘇德芬
出　版	商務印書館（香港）有限公司
	香港筲箕灣耀興道 3 號東滙廣場 8 樓
	http://www.commercialpress.com.hk
發　行	香港聯合書刊物流有限公司
	香港新界荃灣德士古道 220-248 號荃灣工業中心 16 樓
印　刷	美雅印刷製本有限公司
	九龍觀塘榮業街 6 號海濱工業大廈 4 樓 A 室
版　次	2024 年 7 月第 1 版第 1 次印刷
	© 2024 商務印書館（香港）有限公司
	ISBN 978 962 07 4698 7
	Printed in Hong Kong

前　言

　　大約八年前，開始為香港城市大學學生發展處和校外一些培訓機構，設計及統籌本地職場粵語的一系列課程。當時面對的最大問題是學校和坊間都沒有現成的教材，教材製作以至教程設計也得一手包辦。對來港升學與發展的學生而言，課程設計重點主要放在求職面試上，但對於其他培訓機構的學員來說，他們大部分來自各個行業的不同工作崗位，又應怎樣設計一套共同適用的教材呢？

　　隨著粵語學習的興起，這麼多年下來，雖然坊間陸續出現一些職場粵語的用書，然而內容大多針對個別行業，如以保險、物業管理、餐飲，甚至家庭傭工等為主題，並不普遍適用於各行業的在職人士。在構建全面切合本地職場粵語課程之際，深信雖然行業不同，但對於大部分學員而言，無論專業人士、管理階層或文職人員，彼此說話間還是有許多共同點的，例如怎樣向同事發問？與上司、下屬或客戶溝通，怎樣可以言辭恰當？會議上如何表達意見？商務電話及公司拜訪有沒有一些應對得體的範例？針對本地的職場粵語，在中英夾雜甚至吸納英語句式之外，是否還有更具香港粵語特色的表達方式？這些都是學員十分關心的課題。教材在教學實踐中經過多年的整理編訂，便是當下呈現於讀者面前的這一教程。隨着前作《香港生活粵語教程》深受讀者接納而廣泛流通，益發要回應畢業同學與讀者對本地職場粵語學習的進一步需求，故此致力將這課程有關教材整理付梓，成就了這本《香港職場粵語教程》。

　　教程分成六個篇章，包括：(一) 粵語語音系統 —— 簡介粵語語音系統及廣州話拼音方案；(二) 求職面試篇 —— 自我介紹、回答常見問題及有關面試的電話應對；(三) 入職篇 —— 入職手續、待遇及上班安排，認識新同事及公司各部門，請假、加班及報銷申請；(四) 工作溝通篇 —— 向上司請示及匯報，與同事溝通及日常閒談，對下屬的工作指示及訓示；(五) 開會篇 —— 日常會議及會議簡報；(六) 商務往來篇 —— 公司拜訪及邀請，合約洽談，商務往來電話。上述篇章除了第一篇外，都有二至四個主題，每一主題設有切合本地職場的情景會話或例句，令讀者容易投入學習，把握相關詞彙及示範句子，並通過練習思考應用情況。本書的練習除了詞彙和句式，還有語音訓練，就課題抽取重點詞彙學好發音，配合書中大量的錄音示範，相信學員的聽力與口說能力可以得到大幅度的提升。

由於多年接觸到在職的學員，長期瞭解職場情況及實際需要，故此教程內容實用而切合香港職場的應用。教程其中一個最大的特點是緊扣香港粵語色彩及地方特色來說明，例如香港粵語摻雜英式語句的情況，當中尤以職場粵語為甚。教程具體分析了這英語化現象，並按工作分類詳列「香港職場常用的英語字詞」表；其餘並表列職場常用的俗語、香港地方的縮略名稱、本地政府及大型企業採用的會議議程等，在擴充學習本地職場用語的同時，更為讀者提供香港職場的多元化資訊。

教程內除課文和練習外又設置多項欄目，包括介紹本地常用或具本土特色粵語的「香港地粵語」；以及比較近似用詞或句式，使讀者可以觸類旁通，加快掌握相關詞句運用的「粵語通通識」；還有提供常見同義詞，擴大讀者職場粵語詞彙範疇的「詞彙 1+1」。這些欄目的設置不但展示粵語學習的多個角度，也為讀者帶來學習趣味和豐富的語用材料。

香港特別行政區政府統計處在 2022 年發表的統計報告顯示，[1] 全港就業人士在工作中使用粵語的程度，在對外工作中（包括與外界／客戶開會或閒談等），必定或經常使用粵語的，佔就業人士的 91.4%；而在對內工作中（包括與公司同事開會或閒談等），必定或經常使用粵語的，則佔就業人士的 93.9%。可見投入香港職場就業，無論日常與上司或同事溝通，抑或工作需要與客戶聯絡，粵語能力都是極其重要的一環。這本《香港職場粵語教程》相信會是協助讀者成功融入本地職場的最佳幫手。

1　見香港政府統計處 2022 年 11 月出版〈主題性住戶統計調查第 76 號報告書〉，頁 152。

目　錄

第一章
粵語語音系統

粵語拼音系統簡介

在香港這個作為國際金融中心的現代化大都會,雖然英語運用在職場上佔有重要地位,但是本地社會普遍運用的語言一直都是粵語,本地職場同樣以粵語為主要的溝通語言。

職場上所用的言詞,比日常的生活用語較為莊重和禮貌,表達更講究技巧。不過要掌握職場粵語,須從日常粵語的運用來打基礎,而要有穩固的粵語基礎也得由粵語語音系統入手。

粵語的語言特點

粵語俗稱廣東話或廣州話,是漢語方言中歷史悠久又通行範圍廣泛的方言。粵語以廣州話為中心,通行地區包括廣州、香港、深圳、珠海、澳門,同時也普遍通行於廣西省,以至東南亞及歐、美、澳等海外國家的華人地區。現時全世界超過一億人使用粵語。粵語是承傳久遠的方言,在語言系統上有以下特點:

- 以廣州話為中心,另有相對較多的聲調,又普遍保留入聲,一般共有九個聲調。
- 語音方面以口語為主,不一定有對應的文字書寫。
- 語彙上保留較多古漢語詞語,故此也較多單音詞,如:衫、褲、飲、食、行、斟等。
- 用語方面有不少方言詞,如:蒕、仔、瞓、乜、餸、嘢、攞等。當中也吸納不少外來詞,如:巴士、的士、波、菲林等。

香港粵語特色

　　香港粵語便是在香港所通行的粵語，俗稱「香港話」。香港粵語屬於以廣州粵語為中心的粵海片（廣府片）粵語。香港所用粵語在語言系統上和廣州粵語基本一致，但生活上實際運用時卻不乏本身特點。除了個別詞彙和讀音因應生活上使用習慣而有別於廣州話外，香港粵語又有以下較明顯的特點：

- 用語中出現大量的方言詞，如：埋單、搞掂、靚仔、走鬼。也出現不少主要見於本地的外來詞，如：士多啤梨、士多、多士。

- 在生活表達上，往往習慣在句子中夾雜英語詞彙，甚至直接將英語語彙粵語化，如：你食咗 lunch 未？究竟 claim 唔 claim 到賠償？

　　經過長期的社會發展和生活環境上的不同，香港粵語和廣州粵語在運用上雖然出現一定差異，但語音系統方面基本一致，可藉粵語語音系統來說明語音特色，從而掌握發音上的各種要求。

粵語拼音系統

　　粵語拼音系統是根據粵語每個音節發音，以拉丁字母、特殊符號或數字從聲母、韻母及聲調三方面標示粵語語音的系統。

　　在粵語拼音系統中，每個粵語音節都由聲母和韻母加上聲調構成，每一音節開始部分的輔音是聲母，其餘元音等部分是韻母，掌握聲母與韻母發音再加上聲調，便可將字音準確讀出。

　　粵語拼音系統以聲母、韻母和聲調標示一個字的粵語音節。例如「冰」字廣州話拼音方案標示的拼音是「bing¹」，其中標示的「b」是聲母，「ing」是韻母，「1」是這個字的聲調，加起來便能明確表示「冰」這音節的粵語發音。

　　粵語拼音系統不下十多種，現時通行於香港與廣州較常用的也有七到八種之多 [1]，以下採用最接近普通話拼音系統的廣州話拼音方案來說明。

1　詳見書後附錄部分說明及所提供通行粵語拼音系統對照表。

第二課 粵語語音系統的聲調、聲母、韻母

粵語語音系統特色

粵語是傳承久遠又極具特色的一套語言，在聲調方面保留中古的四聲，不但聲調遠多於普通話，而且在聲母及韻母方面也多保留中古語音特色，而與普通話多有差別。要具體說明這些語音上的特色，可以從了解粵語拼音系統入手。以下從最接近普通話語音系統的廣州話拼音方案，說明粵語語音系統聲調、聲母和韻母的各方面特點，藉此掌握粵語的發音方法。

廣州話拼音方案簡介

廣州話拼音方案原屬廣東省人民政府教育部門於 1960 年公佈拼音方案中，針對廣州話注音的拼音方案。其後方案經語言學者修訂，現時通行的廣州話拼音方案便多採用這一修訂版本。

廣州話拼音方案是各種粵語拼音系統中最接近**漢語拼音方案**的一種，由於設計本身特別針對習用漢語拼音方案的內地人士，故此本書用以說明香港粵語的發音特點[1]，令講普通話為主的初學者更容易掌握粵語發音。

粵語聲調

粵語的聲調比普通話多。粵語聲調分為平上去入四種，平上去入各分陰陽，於是有陰平、陰上、陰去、陰入、陽平、陽上、陽去、陽入，再由入聲中分出中入，於是共有九個聲調。以下是根據廣州話拼音方案並列舉例字的粵語聲調表：

1　本書所採用廣州話拼音方案，依饒秉才主編《廣州音字典》(廣州：廣東人民出版社，1983 年 5 月) 內所開列的廣州話拼音方案修訂系統。

廣州話拼音方案聲調表

調號	1	2	3	4	5	6
調類	陰平	陰上	陰去	陽平	陽上	陽去
例字	詩	史	試	時	市	事
拼音	xi^1	xi^2	xi^3	xi^4	xi^5	xi^6
調類	陰入		中入			陽入
例字	色		錫			食
拼音	xig^1		xig^3			xig^6

- **香港粵語**陰平聲多發高平調（˥˥），**廣州粵語**則較多用高降調（˥˧）。
- 由於陰入、中入和陽入三聲的調值，分別和陰平、陰去和陽去聲相同，故此在標示調號時，僅有從 1 至 6 這六個聲調。

粵語聲母

粵語聲母共 19 個。以下是根據**廣州話拼音方案**並舉例字的粵語聲母表列：

廣州話拼音方案聲母表

聲母	b	p	m	f
例字	巴 (ba)	爬 (pa)	媽 (ma)	花 (fa)
聲母	d	t	n	l
例字	打 (da)	他 (ta)	那 (na)	啦 (la)
聲母	z (j)	c (q)	s (x)	y
例字	渣 (za)	叉 (ca)	沙 (sa)	也 (ya)
聲母	g	k	ng	h
例字	加 (ga)	卡 (ka)	牙 (nga)	蝦 (ha)
聲母	gu	ku	w	
例字	瓜 (gua)	誇 (kua)	蛙 (wa)	

- 兩組聲母 z、c、s 和 j、q、x 讀音相同，區別在 j、q、x 用於 i 和 ü 開首的韻母，z、c、s 則用於其他韻母。
- 沒有聲母的讀音稱為**零聲母**，一般標示作 Ø，若計入粵語聲母便共有 20 個。

粵語韻母

粵語韻母共有 53 個。以下是根據**廣州話拼音方案**，並舉例字的粵語韻母表列。加上括號的例字是帶聲母的字音，須去除聲母才是韻母本來的讀音。

廣州話拼音方案韻母表

單純韻母	複合韻母		帶鼻音韻母			促音韻母		
a	ai	ao	am	an	ang	ab	ad	ag
呀	挨	拗	(啱)	晏	罌	鴨	押	軛
	ei	eo	em	en	eng	eb	ed	eg
	矮	歐	庵	(恩)	鶯	(急)	(不)	(德)
é	éi				éng			ég
(奢)	(非)				(廳)			(尺)
i		iu	im	in	ing	ib	id	ig
衣		妖	淹	煙	英	葉	熱	益
o	oi	ou		on	ong		od	og
柯	哀	奧		安	(康)		(渴)	惡
u	ui			un	ung		ud	ug
烏	回			碗	甕		活	屋
ê		êu		ên	êng		êd	êg
(靴)		(居)		(春)	(香)		(出)	(腳)
ü				ün			üd	
於				冤			月	
			m		ng			
			唔		五			

- 當前面沒有聲母時 —— i 行韻母寫成 yi、yiu、yim、yin、ying、yib、yid、yig；u 行韻母除 ung、ug 外，寫成 wu、wui、wun、wud；ü 行韻母頭上兩點省去寫成 yu、yun、yud。
- 當 ü 韻母與 j、q、x 聲母相拼，或與 ê 組成韻母時，ü 頭上兩點省去寫成 u。
- 香港粵語受外來語影響，有些字音僅通行於本地，如香港粵語 éu、ém、én、éd 等，不但普通話沒有，也不見於廣州粵語中。

粵語與普通話發音差異

粵普聲調差異

- 粵語比普通話多出三個**入聲**。
- 粵語**上聲**和**去聲**都分陰陽，普通話不分。

粵普聲母差異

- 普通話沒有粵語 z、c、s 和 j、q、x 這種舌葉音發音。
- 普通話沒有粵語圓唇舌根音 gu 與 ku 聲母，也沒有粵語舌根鼻音 ng 聲母。
- 粵語 h 聲母屬喉音，與普通話舌根音 h 聲母發音不同。

粵普韻母差異

粵語與普通話韻母比較的話，粵語韻母不但數量較普通話多，而且發音方式種類亦多於普通話。

- 普通話無粵語 ê 韻母發音，連帶組成的 êu、ên、êng 及 êd 與 êg 韻母，同樣不見於普通話。
- 粵語較普通話多出**入聲韻母**。
- 普通話沒有粵語 am、em、im 等**雙唇音韻母**。

延伸閱讀 —— 粵語發音及生活對話參考材料

香港生活粵語學習教材

劉衛林、蘇德芬編著：《香港生活粵語教程（增訂版）》（香港：商務印書館，2024 年 5 月）。

香港生活粵語發音學習教材

劉衛林、蘇德芬編著：《香港生活粵語發音教程》（香港：商務印書館，2024 年 7 月）。

第二章
求職面試篇

第三課 自我介紹（上）

　　一般人說商場如戰場，如果將職場同樣比喻為戰場的話，進入職場攻堅的第一役就是求職面試。在語文運用上，香港企業或機構對員工的要求是通曉兩文三語，即中英文、普通話、英語和粵語。由於本地工作環境的日常溝通以粵語為主，對於非本地的求職者來說，對粵語作出面試準備，是必不可少的工夫。

　　「請你介紹一下自己」——是求職面試中最常遇到的問題，我們從這裏入手，看看這道問題如果要求用粵語回答可以如何準備。

請你用粵語介紹一下自己

🖊 要求用粵語自我介紹的話，很明顯是要測試非本地面試者的粵語能力。粵語言詞恰當、表達流暢便是重點。

🖊 自我介紹可以有很多方式，對於未能以粵語暢所欲言的面試者來說，保險的方法是從基本的資料說起，而對於僱主來說，要求員工的粵語能力，最低限度能準確地介紹自己，不至於連自己的資料也說不清楚呢。

　　自我介紹最基本的資料是姓名、籍貫、畢業院校、專業和工作經驗。

例句（一）姓名和籍貫

　　ngo⁵ hei⁶ wong⁴ guen¹ zên³

1.　我　係　黃　鈞　進。　　　　　　**係**：是

　　我是黃鈞進。

10

ngo⁵ giu³ ho⁴ süd¹ fong¹ hei⁶ séi³ cün¹ yen⁴

2. 我　叫　何　雪　芳，係　四　川　人。

我叫何雪芳，是四川人。

ngo⁵ hei⁶ san¹ tung¹ yen⁴ ug¹ kéi³ yen⁴ ju⁶ hei²

3. 我　係　山　東　人，屋　企　人　住　喺

我是山東人，家人住在

| 喺：在 |
| 屋企：家 |

sem¹ zen³

深　圳。

深圳。

ngo⁵ yeo⁴ beg¹ ging¹ guo³ lei⁴ hêng¹ gong²

4. 我　由　北　京　過　嚟　香　港。

我從北京到香港來。

| 過嚟：過來 |

詞彙 3.1 常見姓氏

吳	ng⁴	胡	wu⁴	李	léi⁵	黎	lei⁴
林	lem⁴	歐	eo¹	劉	leo⁴	周	zeo¹
陳	cen⁴	張	zêng¹	楊	yêng⁴	梁	lêng⁴
王	wong⁴	黃	wong⁴	江	gong¹	何	ho⁴

詞彙 3.2 部分省市及行政區

北京	beg¹ ging¹	西安	sei¹ on¹	黑龍江	heg¹ lung⁴ gong¹
上海	sêng⁶ hoi²	浙江	jid³ gong¹	江蘇	gong¹ sou¹
天津	tin¹ zên¹	河北	ho⁴ beg¹	海南	hoi² nam⁴

重慶	cung⁴ hing³	福建	fu³ gin³	四川	séi³ qun¹
深圳	sem¹ zen³	安徽	on¹ fei¹	甘肅	gem¹ sug¹
台灣	toi⁴ wan¹	山東	san¹ dung¹	湖北	wu⁴ beg¹
遼寧	liu⁴ ning⁴	吉林	ged¹ lem⁴	內蒙古	noi⁶ mung⁴ gu²

短句練習

🥄 試從 3.1 和 3.2 的詞彙表找出合適的詞語完成下列短句，並以粵語讀出。

ngo⁵ xing³　　giu³

1. 我　姓 ＿＿＿ ，叫 ＿＿＿＿＿＿ 。　　　　我姓＿＿＿，叫＿＿＿＿。

ngo⁵ hei⁶

2. 我　係 ＿＿＿＿＿＿ 。　　　　　　　　　我是＿＿＿＿。

ngo⁵ hei⁶　　　　yen⁴

3. 我　係 ＿＿＿＿＿ 人 。　　　　　　　　我是＿＿＿＿人。

ngo⁵ yeo⁴　　　　lei⁴ hêng¹ gong²

4. 我　由 ＿＿＿＿＿ 嚟　香　港　。　　　我從＿＿＿＿來香港。

例句（二）畢業院校和專業

ngo⁵ dug⁶ sem¹ léi⁵ hog⁶ ngam¹ ngam¹ hei² hêng¹

1. 我　讀　心　理　學，啱　啱　喺　香　　　啱啱：剛剛

我唸心理學，剛剛從香

gong² dai⁶ hog⁶ bed¹ yib⁶

港　大　學　畢　業　。

港大學畢業。

ngo⁵ yi¹ ga¹ hei² hêng¹ gong² zung¹ men⁴ dai⁶ hog⁶

2. 我　依家　喺　香　港　中　文　大　學

我現在在香港中文大學

依家	又作「而家 yi⁴ ga¹」，指現在。
緊	用在動詞後面，説明動作正在進行。

dug⁶ gen² gem¹ yung⁴

讀　緊　金　融　。

唸金融。

ngo⁵ hei⁶ yin⁴ geo³ seng¹ ség⁶ xi⁶ seng¹

3. 我　係　研　究　生 / 碩　士　生　。

我是研究生 / 碩士生。

ngo⁵ ji¹ qin⁴ hei² nam⁴ hoi¹ dai⁶ hog⁶ dug⁶ xu¹ bun² fo¹ hei⁶ ging¹ zei³

4. 我　之　前　喺　南　開　大　學　讀　書，本　科　係　經　濟

我先前在南開大學唸書，本科是經濟

yin⁴ geo³

研　究　。

研究。

詞彙 3.3 大專院校

香港中文大學	hêng¹ gong² zung¹ men⁴ dai⁶ hog⁶	香港大學	hêng¹ gong² dai⁶ hog⁶
香港城市大學	hêng¹ gong² xing⁴ xi⁵ dai⁶ hog⁶	香港科技大學	hêng¹ gong² fo¹ géi⁶ dai⁶ hog⁶
香港理工大學	hêng¹ gong² léi⁵ gung¹ dai⁶ hog⁶	香港教育大學	hêng¹ gong² gao³ yug⁶ dai⁶ hog⁶
香港樹仁大學	hêng¹ gong² xu⁶ yen⁴ dai⁶ hog⁶	香港恒生大學	hêng¹ gong² heng⁴ seng¹ dai⁶ hog⁶

香港珠海學院	hêng¹ gong² ju¹ hoi² hog⁶ yun²	聖方濟各大學	xing³ fong¹ zei³ gog³ dai⁶ hog⁶
嶺南大學	ling⁵ nam⁴ dai⁶ hog⁶	香港演藝學院	hêng¹ gong² yin² ngei⁶ hog⁶ yun²
香港浸會大學	hêng¹ gong² zem³ wui² dai⁶ hog⁶	香港都會大學	hêng¹ gong² dou¹ wui⁶ dai⁶ hog⁶

詞彙 3.4 學系 / 專業

法律	fad³ lêd⁶	醫學	yi¹ hog⁶
護理學	wu⁶ léi⁵ hog⁶	藥劑學	yêg⁶ zei¹ hog⁶
生物醫學工程	seng¹ med⁶ yi¹ hog⁶ gung¹ qing⁴	應用生物技術	ying³ yung⁶ seng¹ med⁶ géi³ sêd⁶
人力資源管理	yen⁴ lig⁶ ji² yun⁵ gun² léi⁵	環球企業管理	wan⁴ keo⁴ kéi⁵ yip⁶ gun² léi⁵
教育學	gao³ yug⁶ hog⁶	統計學	tung² gei³ hog⁶
工商管理	gung¹ sêng¹ gun² léi⁵	金融與智能科技	gem¹ yung⁴ yu⁵ ji³ neng⁴ fo¹ géi³
國際會計	guog³ zei³ wui² gei³	應用經濟	ying³ yung⁶ ging¹ zei³
電子資訊工程	din⁶ ji² ji¹ sên³ gung¹ qing⁴	商業及數據分析	sêng¹ yib⁶ keb⁶ sou³ gêu⁴ fen¹ xig¹
應用社會科學	ying³ yung⁶ sé⁵ wui² fo¹ hog⁶	公共政策及管理	gung¹ gung⁶ jing³ cag³ keb⁶ gun² léi⁵
供應鏈管理	gung¹ ying³ lin² gun² léi⁵	健康科學與管理	gin⁶ hong¹ fo¹ hog⁶ yu⁵ gun² léi⁵
化學	fa³ hog⁶	輔導學	fu⁶ dou⁶ hog⁶
整合營銷傳播	jing² heb⁶ ying⁴ xiu¹ qun⁴ bo³	傳播與新媒體	cün³ bo³ yu⁵ sen¹ mui⁴ tei²
工程力學	gung¹ cing⁴ lig⁶ hog⁶	土木與建築工程	tou² mug⁶ yu⁵ gin³ zug¹ gung¹ qing⁴

短句練習

試從 3.3 和 3.4 的詞彙表或所提供詞語，找出合適的用語完成下列短句，並以粵語讀出。

hei² 　　　　dug⁶ gen² xu¹

1. 喺 ＿＿＿＿＿＿ 讀 緊 書 。　　　　　　　正在＿＿＿＿＿唸書。

hei² 　　　　bed¹ yib⁶

2. 喺 ＿＿＿＿＿＿ 畢 業 。　　　　　　　　在＿＿＿＿＿畢業。

bun² fo¹ hei⁶

3. 本 科 係 ＿＿＿＿＿＿ 。　　　　　　　　本科是＿＿＿＿＿。

ngo⁵ gé³ jun¹ yib¹

4. 我 嘅 專 業 ＿＿＿＿＿＿ 。　　　　　　我的專業是＿＿＿＿＿。

ngo⁵ hei⁶

5. 我 係 ＿＿＿＿＿＿ 。　　　　　　　　　我是＿＿＿＿＿。

gim¹ dug⁶ seng¹ bog³ xi⁶ wui⁶ gei³ xi¹
（兼 讀 生 / 博 士 / 會 計 師）　　　　（兼讀生 / 博士生 / 會計師）

例句（三）職位及工作經驗

ngo⁵ lei⁴ hêng¹ gong² ji¹ qin⁴ hei² sêng⁶ hoi² zou⁶

1. 我 嚟 香 港 之 前 喺 上 海 做　：東西、事情

我來香港之前在上海工作

guo³ sam¹ nin⁴ yé⁵

過 三 年 野 。

過三年。

2. ngo⁵ hei² dai⁶ tung⁴ gao³ yug⁶ zab⁶ tün⁴ zou⁶ heng⁴ jing³ ju² yem⁶
   我　喺　大　同　教　育　集　團　做　行　政　主　任　。
   我在大同教育集團當行政主任。

3. ngo⁵ zou⁶ zo² yed¹ nin⁴ bun³ teo⁴ ji¹ gu³ men⁶ tung⁴
   我　做　咗　一　年　半　投　資　顧　問　同
   我當了一年半投資顧問和

   > **咗**：用在動詞後面，表示動作已經完成。「做咗」便是做了。

   lêng⁵ nin⁴ coi⁴ mou⁶ fen¹ xig¹ xi¹
   兩　年　財　務　分　析　師　。
   兩年財務分析師。

4. ngo⁵ bed¹ yib⁶ dou³ yi¹ ga¹ yed¹ jig⁶ hei² gai¹ léi⁶ gin³ zug¹ zou⁶ gung¹
   我　畢　業　到　依　家，一　直　喺　佳　利　建　築　做　工
   我畢業到現在，一直在佳利建築當工

   qing⁴ xi¹
   程　師　。
   程師。

粵語通通識

嘢 yé⁵
指「東西」，在粵語中用得很廣泛，「食嘢」的「嘢」是「食物」，「講嘢」的「嘢」是「說話」。職場上說「做嘢」的「嘢」指「工作」或「事情」，以下是有關例句：

我畢業之後做咗兩年嘢。　我畢業之後工作了兩年。
你啲嘢做完未？　　　　　你的事情做完了嗎？

乜嘢 med¹yé⁵
「乜」是「甚麼」，與「嘢」連在一起是疑問詞，指「甚麼東西」，也會因應所說的內容表示相關的事物，例如：

你搵乜嘢？　　　　　　　你找甚麼（東西）？
你想食乜嘢？　　　　　　你想吃甚麼（菜）？

佢想搵乜嘢工？	他想找甚麼工作？
你仲有乜嘢做？	你還有甚麼事情做？

詞彙 3.5 職位

律師	lêd⁶ xi¹	法律顧問	fad³ lêd⁶ gu³ men⁶
數據分析師	sou³ gêu³ fen¹ xig¹ xi¹	人工智能架構師	yen⁴ gung¹ ji³ neng⁴ ga³ keo³ xi¹
資訊科技統籌主任	ji¹ sên³ fo¹ géi⁶ tung² ceo⁴ ju² yem⁶	環境工程師	wan⁴ ging² gung¹ qing⁴ xi¹
品質管理主任	ben² zed¹ gun² léi⁵ ju² yem⁶	物流供應鏈經理	med⁶ leo⁴ gung¹ ying³ lin² ging¹ léi⁵
教師	gao³ xi¹	會計師	wui⁶ gei³ xi¹
策略研究員	cag³ lêg⁶ yin⁴ geo³ yun⁴	金融分析師	gem¹ yung⁴ fen¹ xig¹ xi¹
保險代理	bou² him² doi⁶ léi⁵	營業代表	ying⁴ yib⁶ doi⁶ biu²
銷售經理	xiu¹ seo⁶ ging¹ léi⁵	客戶服務經理	hag³ wu⁶ fug⁶ mou⁶ ging¹ léi⁵
機械工程師	géi¹ hai⁶ gung¹ qing⁴ xi¹	土木工程師	tou² mug⁶ gung¹ qing⁴ xi¹
物業管理經理	med⁶ yib⁶ gun² léi⁵ ging¹ léi⁵	保安主任	bou² on¹ ju² yem⁶
行政助理	heng⁴ jing³ zo⁶ léi⁵	管理培訓生	gun² li⁵ pui⁴ fen³ seng¹
見習行政人員	gin³ zab⁶ heng⁴ jing³ yen⁴ yun⁴	暑期實習生	xu² kéi⁴ sed⁶ zab⁶ seng¹

短句練習

🥄 試從 3.5 詞彙表或所提供詞語，找出合適的用語完成下列短句，並以粵語讀出。

ngo⁵ zou⁶ guo³

1. 我　做　過 _____ 。   我當過_____。

ngo⁵ yeo⁵   gé³ ging¹ yim⁶

2. 我　有 _____ 嘅　經　驗 。   我有_____的經驗。

ngo⁵ hei⁶ yed¹ go³

3. 我　係　一　個 _____ 。   我是一個_____。

yi¹ ga¹ hei² A gung¹ xi¹ zou⁶ gen²

4. 依　家　喺　A　公　司　做　緊 _____ 。   現在在 A 公司當___。

ngo⁵ yi¹ ga¹   gen²

5. 我　依　家 _____ 緊 _____ 。   我現在正_____。

wen² gung¹ xig⁶ fan⁶ fan¹ ug¹ kéi²
（ 搵 ＋ 工 / 食 ＋ 飯 / 返 ＋ 屋 企 ）

ngo⁵ ngam¹ ngam¹   zo²

6. 我　啱　啱 _____ 咗 _____ 。   我剛已_____。

wen² gung¹ xig⁶ fan⁶ fan¹ ug¹ kéi²
（ 搵 ＋ 工 / 食 ＋ 飯 / 返 ＋ 屋 企 ）

語音練習

「係」和「喺」

「係」和「喺」分別解作「是」和「在」，兩者意思迥異。因聲母、韻母相同，唯一分別僅在聲調不同。

「係」(hei[6]) 唸作陽去聲，又稱第六聲；而「喺」(hei[2]) 則為陰上聲，又稱第二聲。我們須小心分辨聲調的差異，以免説話的時候引起誤會。

1. 聲調比較：第二聲與第六聲

拼音 聲調	2	6
hei	喺	係、系、繫
géi	幾、己	技、忌
sé	寫、捨	射、麝
gen	緊、謹	近
ji	址、只、紙	自、字、治
ju	主、煮	住
fu	府、苦	負、父、輔
bou	保、寶、補	部、步、暴
dou	倒、島、賭	度、道、導、盜
zou	早、組、棗	做

請參考上表，寫出下列詞語的拼音，並把詞語讀出。

1. 自己 ＿＿＿＿＿＿＿＿＿＿＿＿

2. 住址 ＿＿＿＿＿＿＿＿＿＿＿＿

3. 輔導 ＿＿＿＿＿＿＿＿＿＿＿＿

4. 喺度 ＿＿＿＿＿＿＿＿＿＿＿＿

5. 盜寶　_____

2. 聲母練習：h 聲母

普通話和粵語語音系統中都有 h 這個聲母，但粵語聲母 h 屬於喉音，比普通話舌根音的發音部位要後一些。

以下是本課裏一些 h 聲母的字例，請聆聽音檔，注意字例的發音。

喺	係	考	險	香	河	海	康	學
hei^2	hei^6	hao^2	him^2	hêng^1	ho^4	hoi^2	hong^1	hog^6

試跟錄音讀出下列各句，並把有 h 聲母的字圈出來。

1. 我係重慶人。

2. 佢住喺河南，唔係海南。

3. 邊個喺香港大學讀健康管理？

4. 我想報考呢度嘅見習行政人員。

5. 「保險中介人資格考試」要喺網上報名。

實踐篇

自我介紹（上）

ho^4 xiu^2 zé^2　néi^5 ho^2 m^4 ho^2 yi^5 yung^6 yud^6 yu^5 lei^4 gai^3 xiu^6 yed^1

主考官： 何　小　姐，妳　可　唔　可　以　用　粵　語　嚟　介　紹　一

ha^5 ji^6 géi^2

下　自　己？

hou^4　mou^5　men^6　tei^4

面試者： 好，　冇　問　題。

ngo⁵ giu³ ho⁴ yen¹ yen¹　wu⁴ beg¹ yen⁴　ji¹ qin⁴ hei² nam⁴ ging¹
我　叫　何　欣　欣　，湖　北　人　，之　前　喺　南　京

dai⁶ hog⁶ ngoi⁶ guog³ yu⁵ hog⁶ yun² ying¹ yu⁵ hei⁶ bed¹ yib⁶
大　學　外　國　語　學　院　英　語　系　畢　業　。

ngo⁵ geo⁶ nin² lei⁴ hêng¹ gong² xing⁴ xi⁵ dai⁶ hog⁶ dug⁶ xu¹　yi¹
我　舊　年　嚟　香　港　城　市　大　學　讀　書，依

ga¹ ngam¹ ngam¹ dug⁶ yun⁴ yed¹ go³ yu⁵ yin⁴ yin⁴ geo³ gé³ ség⁶ xi⁶
家　啱　啱　讀　完　一　個　語　言　研　究　嘅　碩　士

hog⁶ wei²
學　位　。

ngo⁵ sêu¹ yin⁴ méi⁶ jing³ xig¹ gung¹ zog³ dan⁶ hei⁶ yeo⁴ dai⁶ hog⁶
我　雖　然　未　正　式　工　作　，但　係　由　大　學

hoi¹ qi² yi⁵ ging¹ tung⁴ yed¹ di¹ zab⁶ ji³ zou⁶ fan¹ yig⁶ sou² yi³ yeo⁵
開　始　已　經　同　一　啲　雜　誌　做　翻　譯　，所　以　有

zung¹ ying¹ dêu³ yig⁶　tung⁴ yed⁶ men² fan¹ yig⁶ gé³ ging¹ yim⁶
中　英　對　譯　，同　日　文　翻　譯　嘅　經　驗　。

第四課 **自我介紹（下）**

　　對於非土生土長的面試者來說，能用準確的粵語清楚説出自己的姓名、籍貫、畢業院校、專業和工作經驗就很不錯了。在這些基本的資料中，我們可以進一步引申一些成功經驗或個人強項，對應於申請的職位上，説明為甚麼自己勝任這份工作。

　　除了學歷和工作經驗之外，面試者可選取一些可以成為工作優勢的性格特點或愛好來介紹，有利於為自己建立一個正面的形象。

例句（一）把工作經驗或成功事例對應到新職位上

　　　　ngo⁵ zou⁶ ben² pai⁴ fad³ jin² ging¹ léi⁵ fu⁶ zag³ dung¹
1.　　我　做　品　牌　發　展　經　理，負　責　東
　　　我當品牌發展經理，負責東

　　　nam⁴ a³ gé³ cong² sang geo⁶ nin² zeo⁶ lo² zo² tai³
　　　南　亞　嘅　廠　商，舊　年　就　攞　咗　泰
　　　南亞的廠商，去年拿下了泰

> **嘅**：的
> **舊年**：去年
> **攞咗**：取得

　　　guog³ zêu³ dai⁶ gé³ seng¹ can² sêng¹ doi⁶ léi⁵ kün⁴ néi¹
　　　國　最　大　嘅　生　產　商　代　理　權，呢
　　　國最大的生產商代理權，這

> **呢啲**：這些

di¹ ging¹ yim⁶ ling⁶ ngo⁵ yeo⁵ sên³ sem¹ xing¹ yem⁶ néi¹
啲　經　驗　令　我　有　信　心　勝　任　呢　**呢度**：這裏
些經驗令我有信心勝任這

dou⁶ gé³ gung¹ zog³
度　嘅　工　作　。
裏的工作。

2. ngo⁵ cêü⁴ zo² cag³ wag⁶ wud⁶ dung⁶ zung⁶ fu⁶ zag³
我　除　咗　策　劃　活　動　，　仲　負　責　**除咗……仲**：
我除了策劃活動，還負責　　　　　　除了……還。

wen² zan³ zo⁶ sêng¹ so² yi⁵ ngo⁵ lei⁴ zou⁶ guong²
搵　贊　助　商　，　所　以　我　嚟　做　廣　**搵**：找
找贊助，我所以我來做廣

gou³ hei⁶ yeo⁵ hag³ wu⁶ mong⁵ log³ gé²
告　，　係　有　客　戶　網　絡　嘅　。
告，是有客戶網絡的。

3. ngo⁵ bong¹ gung¹ xi¹ hag³ wu⁶ gun² léi⁵ sé⁵ gao¹ mui⁴
我　幫　公　司　客　戶　管　理　社　交　媒
我幫公司客戶管理社交媒

tei² yeo⁵ 90% hag³ wu⁶ gé³ sé⁵ kuen⁴ sou³ gêu³ hei²
體　，　有　90%　客　戶　嘅　社　羣　數　據　喺　**%**：粵語説「%」通常會
體，有 90% 客戶的社羣數據在　　　　　直接説英語「percent」。

lêng⁵ nin⁴ ji¹ gan¹ zeng¹ ga¹ zo² sam¹ pui⁵ ling⁶ ngo⁵
兩　年　之　間　增　加　咗　三　倍　，　令　我
兩年之間增加了三倍，讓我

sêng¹ sên³ hei² néi¹ dou⁶ gung¹ zog³ wui⁵ tung⁴ yêng⁶

相　信　喺　呢　度　工　作　會　同　樣

相信在這裏工作會同樣

xing⁴ gung¹

成　　功　。

成功。

例句（二）把學生活動、短期工作、兼職的經驗對應到新職位上

ngo⁵ yi⁵ qin⁴ hei⁶ hog⁶ seng¹ bou³ gé³ pin¹ ceb¹ yig⁶

1.　我　以　前　係　學　生　報　嘅　編　輯　，亦

我以前是學生報的編輯，也

| 亦都 | ：有時單用「亦」或「都」、都作「也」解。 |

dou¹ yeo⁵ coi² fong² gé³ ging¹ yim⁶ sêng¹ sên³ hei² néi¹ dou⁶ zou⁶ pin¹

　都　有　採　訪　嘅　經　驗　，相　信　喺　呢　度　做　編

有採訪的經驗，相信在這裏當編

coi² wui⁵ hou² fai³ sêng⁵ seo²

　採　會　好　快　上　手　。

採會很快上手。

ngo⁵ ji² qin⁴ zou⁶ xu² kéi⁴ sed⁶ zab⁶ seng¹ hei⁶ zou⁶ xi⁵ cêng⁴ diu⁶ ca⁴

2.　我　之　前　做　暑　期　實　習　生　，係　做　市　場　調　查　，

我先前當暑期實習生，是做市場調查，

néi¹ di¹ ging¹ yim⁶ dêu³ néi¹ dou⁶ zou⁶ xi⁵ cêng⁴ yin⁴ geo³ wui⁵ yeo⁵ bong¹ zo⁶

呢　啲　經　驗　對　呢　度　做　市　場　研　究　會　有　幫　助　。

這些經驗對這裏做市場研究會有幫助。

3. ngo⁵ lên⁶ men⁴ sé² néi¹ go³ tei⁴ mug⁶　ngo⁵ yig⁶ hib³ zo⁶ ji² dou⁶gao³ seo⁶

   我　論　文　寫　呢　個　題　目　，我　亦　協　助　指　導　教　授

   我論文寫這個題目，我也協助指導教授

   zou⁶ zo² dai⁶ lêng⁶ seng¹ med⁶ fo¹ géi⁶ gé³ yin⁴ geo³　so² yi⁵ dêu³ néi⁵ déi⁶

   做　咗　大　量　生　物　科　技　嘅　研　究　，所　以　對　你　哋

   做了大量生物科技的研究，因此對你們

   gé³ yêg⁶ ben² sang¹ can² yeo⁵ yed¹ ding⁶ying⁶ xig¹

   嘅　藥　品　生　產　有　一　定　認　識　。

   的藥品生產有一定認識。

配詞練習

🖌 請把各個句子按所提供用詞以粵語讀出

　　ngo⁵ hou²　　　　hei² néi¹ dou⁶ fan¹ gung¹

1. 我　好 _____ 喺　呢　度　返　工　。

   zung¹ yi³ sêng² héi¹ mong⁶

   （ 鍾　意/ 想 / 希　望 ）

   ngo⁵ yeo⁵ sên³ sem¹　　　　néi¹ fen⁶ gung¹

2. 我　有　信　心 _____ 呢　份　工　。

   zou⁶ hou² xing¹ yem⁶ da² hou²

   （ 做　好 / 勝　任 /打　好 ）

   kêu⁵　　　　guo³ yeo¹ seo³ yun⁴ gung¹ zêng²

3. 佢 _____ 過　優　秀　員　工　獎　。

deg¹ lo² lig¹
（得 /攞/扐）

ngo⁵ yeo⁵ ging¹ yim⁶ néi¹ di¹ qun⁴ bou⁶ dou¹　　　zêng²
4.　我　有　經　驗，呢　啲　全　部　都 ＿＿＿＿＿＿　做　。

xig¹ xig¹ deg¹
（識 / 識　得 ）

ngo⁵ xin⁶ cêng⁴ zou⁶ xi⁵ cêng⁴
5.　我　擅　長　做　市　場 ＿＿＿＿＿＿＿。

yin⁴ geo³ fen¹ xig¹ ping⁴ gu²
（研　究 / 分　析 / 評　估 ）

　　　　　　　ngo⁵ dei⁶ yed¹ qi³ hei²　　　　　guo³ zung¹ ceo¹ jid³
6.　＿＿＿＿＿＿　我　第　一　次　喺 ＿＿＿＿＿＿　過　中　秋　節。

gem¹ nin² hog⁶ hao⁶ geo⁶ nin² néi¹ dou⁶ qin⁴ nin² hêng¹ gong²
（今　年 + 學　校 / 舊　年 + 呢　度 / 前　年 + 香　港 ）

sêü¹ yin⁴ gung¹ zog³ xi⁴ gan³ cêng⁴ dan⁶ hei⁶ ngo⁵　　　sen¹ fu²
7.　雖　然　工　作　時　間　長，但　係　我 ＿＿＿＿＿＿　辛　苦。

m⁴ m⁴ gog³ deg¹ m⁴ gai³ yi³
（唔/唔　覺　得 /唔　介　意）

cêu⁴ zo² yud⁶ yu⁵ ngo⁵ zung⁶ xig¹
8.　除　咗　粵　語，我　仲　識 ＿＿＿＿＿＿。

sêng⁶ hoi² wa² men⁵ nam⁴ wa² qiu⁴ zeo¹ wa²
（上　海　話／閩　南　話／潮　州　話）

ngo⁵ ji⁶ sei³ zeo⁶ dêu³　　　　hou² yeo⁵ hing³ cêu³　sêng² hei² néi¹
9.　我　自　細　就　對 _____ 好　有　興　趣，想　喺　呢

hong⁴ fad³ jin²
行　發　展。

cong³ yi³ ngei⁶ sêd⁶ sou³ gêu³ fen¹ xig¹ seng¹ med⁶ fo¹ hog⁶
（創　意　藝　術／數　據　分　析／生　物　科　學）

ngo⁵ zou⁶ guo³ hei⁶ wui² gé³　　　　yeo⁵　　　　gé³ ging¹ yim⁶
10.　我　做　過　系　會　嘅 _____，有 _____ 嘅　經　驗。

ju² jig⁶ ling⁵ dou⁶ gon³ xi⁶ zou² jig¹ hong¹ log⁶ gao² wud⁶ dung⁶
（主　席＋領　導／幹　事＋組　織／康　樂＋搞　活　動）

例句（三）把興趣或個人特質成為工作的優勢

ngo⁵ zung¹ yi³ diu³ yu²　gog³ deg¹ ho² yi⁵ pui⁴ yêng⁵ noi⁶
1.　我　鍾　意　釣　魚，覺　得　可　以　培　養　耐　　**鍾意**：喜歡
我喜歡釣魚，覺得可以培養耐

xing³　yeo⁵ noi⁶ xing³ zeo⁶ hei⁶ zou⁶ yé⁵ xing⁴ gung¹ gé³ guan¹ gin⁶
性　。有　耐　性　就　係　做　野　成　功　嘅　關　鍵。
性，有耐性便是做事成功的關鍵。

27

ngo⁵ zung¹ yi³ cêng³ go¹　ping⁴ xi⁴ m⁴ gog³ deg¹ yeo⁵

2.　我　鍾　意　唱　歌，平　時　唔　覺　得　有　　　　　**唔**：不會

我喜歡唱歌，平常不覺得有

ad³ lig⁶　ho² neng⁴ cêng³ go¹ zeo⁶ hei⁶ ngo⁵ gam² ad³

壓　力，可　能　唱　歌　就　係　我　減　壓

壓力，可能唱歌便是我減壓

gé³ fong¹ fad³

嘅　方　法　。

的方法。

ngo⁵ hou² ju³ zung⁶ géi² lêd⁶　gog³ deg¹ néi¹ go³ hei⁶

3.　我　好　注　重　紀　律，覺　得　呢　個　係　　　　**好**：很、非常。

我十分注重紀律，覺得這是

xing⁴ gung¹ gé³ seo² yiu³ tiu⁴ gin²

　成　功　嘅　首　要　條　件　。

成功的首要條件。

ngo hei⁶ yed¹ go³ tai³ dou⁶ ying⁶ zen¹ gé³ yen⁴　yed¹ ding⁶

4.　我　係　一　個　態　度　認　真　嘅　人，一　定

我是一個態度認真的人，一定

wui⁵ zêng¹ sêng⁶ xi¹ gao¹ dai³ gé³ xi⁶ zou⁶ hou²　　**交代**：囑託、吩咐。

　會　將　上　司　交　代　嘅　事　做　好　。

會把上司吩咐的事情做好。

ngo⁵ hei⁶ yed¹ go³ ken⁴ lig⁶ gé³ yen⁴　yun⁴ qun⁴ m⁴ gai³ yi³ ga¹ ban¹

5.　我　係　一　個　勤　力　嘅　人，完　全　唔　介　意　加　班　。

我是一個勤奮的人，完全不介意加班。

詞彙 4.1 興趣

跳舞	tiu³ mou⁵	唱歌	cêng³ go¹
聽音樂	téng¹ yem¹ ngog⁶	打籃球	da² lam⁴ keo⁴
影相	ying² sêng²	拍片	pag³ pin²
睇戲	tei² héi³	睇書	tei² xu¹
畫畫	wag⁶ wa²	寫書法	sé² xu¹ fad³
去旅行	hêu³ lêu⁵ heng⁴	煮野食	ju² ye⁵ xig⁶
跑步	pao² bou⁶	游水	yeo⁴ sêu²
行山	hang⁴ san¹	做 gym	zou⁶ gym

詞彙 4.2 個人特質

守時	seo² xi⁴	重視紀律	zung⁶ xi⁶ géi² lêd⁶
樂觀	log⁶ gun¹	重視溝通	zung⁶ xi⁶ keo¹ tung¹
認真	ying⁶ zen¹	有責任感	yeo⁵ zag³ yem⁶ gem²
細心	sei³ sem¹	有耐性	yeo⁵ noi⁶ xing³
勤力	ken⁴ lig⁶	積極	jig¹ gig⁶
叻	lég¹	學野快	hog⁶ yé⁵ fai³
醒目	xing² mug⁶	識執生	xig¹ zeb¹ sang¹
外向	ngoi⁶ hêng³	鍾意交朋友	zung¹ yi³ gao¹ peng⁴ yeo⁵
活潑開朗	wud⁶ pud³ hoi¹ long⁵	鍾意接受挑戰	zung¹ yi³ jib³ seo⁶ tiu¹ jin³

粵語釋義

行山	爬山	游水	游泳	做 gym	健身
睇戲	看電影	影相	拍照	煮野食	煮東西吃

細心	仔細	叻	聰明	學嘢快	學東西很快
勤力	勤奮	醒目	聰明	識執生	懂得變通

短句練習

🖌 試從本課詞彙表或因應你的個人情況，找出合適用語（可多於一項）完成下列短句，並以粵語讀出。

ngo⁵ zou⁶ yé⁵　　　　hou² xiu² wui⁵ cêd¹ co³

1. 我　做　嘢＿＿＿＿，好　少　會　出　錯。

我做事＿＿＿＿，少有錯誤。

ngo⁵ zung¹ yi³　　　yen¹ wei⁶ ho² yi⁵ dün³

2. 我　鍾　意＿＿＿＿，因　為　可　以　鍛

我喜歡＿＿＿＿，因為可以鍛鍊意志力。

lin⁶ yi³ ji³ lig⁶
煉　意　志　力。

ngo⁵ ping⁴ xi⁴ wui⁵

3. 我　平　時　會 ＿＿＿＿＿＿＿＿＿＿＿＿，

我平常會＿＿＿＿，保持身體健康。

bou² qi⁴ sen¹ tei² gin⁶ hong¹
保　持　身　體　健　康。

ngo⁵　　　m⁴ ji² dêu³ hag³ wu⁶ dêu³ tung⁴ xi⁶

4. 我 ＿＿＿＿，唔　止　對　客　户，對　同　事

我＿＿＿＿＿，不但對客戶，對同事也一樣。

dou¹ yed¹ yêng⁶
都　一　樣。

ngo⁵ xing³ gag³　　　yung⁴ yi⁶ tung⁴ meg⁶ seng¹

5. 我　性　格＿＿＿＿，容　易　同　陌　生

我性格＿＿＿＿，容易跟陌生人溝通。

yen⁴ keo¹ tung¹

人　　溝　　通　。

ju³ zung⁶ tün⁴ dêu² jing¹ sen⁴ ho² yi⁵ ying³

6. _____ 、注　重　團　隊　精　神　，可　以　應 _____

> ，注重團隊精神，可以應用到我的　　　工作上。

yung⁶ dou³ ngo⁵ gé³ gung¹ zog³ sêng⁶

用　　到　　我　嘅　工　　作　　上　。

語音練習

「我」

「我」（ngo⁵）的聲母 ng 是舌根鼻音聲母，由於普通話中沒有這樣的聲母，使得不少內地初學粵語人士，一開口說「我」即大呼粵語難學了。這裏把 ng 的發音原理告訴大家，只要多聽多講，難點是可以快速突破的。

1. 聲母練習：ng 聲母

粵語 ng 聲母是舌根鼻音，發音時要先將舌根接觸軟顎，才讓氣流經鼻腔出來發聲。以下是常用的 ng 聲母字例，請聆聽音檔，注意相關的發音。

我	外	藝	銀	咬	牛	牙	眼
ngo⁵	ngoi⁶	ngei⁶	ngen⁶	ngao⁵	ngeo⁴	nga⁴	ngan⁵

ng 聲母與同是鼻音聲母 n 的發音不同，ng 聲母發音在較後的舌根位置。

請聆聽音檔，比較 ng 聲母和 n 聲母的發音，並跟錄音讀出各個字例。

牙　　nga⁴　　←→　　拿　　na⁴

危　　ngei⁴　　←→　　泥　　nei⁴

俄	ngo^4	←→	挪	no^4
顏	ngan^4	←→	難	nan^4
岩	ngam^4	←→	南	nam^4
傲	ngou^6	←→	怒	nou^6

2. 韻母練習：o 韻母

　　粵音韻母 o 發音時，雙唇向中央合攏，開口度比普通話的韻母 o 大，舌頭位置也略低。

　　以下是本課內容中有 o 韻母的一些字例，試把它們的聲母找出，寫到橫線上，並跟錄音讀出各個字例。通過不同聲母和聲調的組合，感受 o 韻母的發音變化。

＿＿o^1 科	＿＿o^1 歌	＿＿o^2 所
＿＿o^2 攞	＿＿o^2 咗	＿＿o^2 可
＿＿o^3 錯	＿＿o^3 個	＿＿o^6 助

　　以下段落是摘選自香港粵語歌《學生哥》的幾句歌詞，試找出有 o 韻母的字例，並把它們圈出來。

　　學生哥好溫功課，咪淨係掛住踢波。最弊肥佬咗，有陰功咯，同學亦愛莫能助。

實踐篇

自我介紹（下）

接上一課自我介紹（上）

求職者： 我^{ngo⁵} 個^{go³} 人^{yen⁴} 細^{sei³} 心^{sem¹} 同^{tung⁴} 講^{gong²} 效^{hao⁶} 率^{lêd²}，知^{ji¹} 道^{dou⁶} 做^{zou⁶} 雜^{zab⁶}

誌^{ji³} 出^{cêd¹} 稿^{gou²} 急^{geb¹}，於^{yu¹} 是^{xi⁶} 一^{yed¹} 接^{jib³} 稿^{gou²} 就^{zeo⁶} 會^{wui⁵} 專^{jun¹} 心^{sem¹} 去^{hêu³}

做^{zou⁶}，從^{cung⁴} 有^{mou⁵} 遲^{qi⁴} 交^{gao¹} 嘅^{gé³} 紀^{géi²} 錄^{lug⁶}。我^{ngo⁵} 鍾^{zung¹} 意^{yi³} 睇^{tei²} 時^{xi⁴}

裝^{zong¹}，所^{so²} 以^{yi⁵} 接^{jib³} 嘅^{gé³} 翻^{fan¹} 譯^{yig⁶} 都^{dou¹} 係^{hei⁶} 潮^{qiu⁴} 流^{leo⁴} 資^{ji¹} 訊^{sên³}，主^{ju²}

要^{yiu³} 係^{hei⁶} 流^{leo⁴} 行^{heng⁴} 服^{fug⁶} 飾^{xig¹} 同^{tung⁴} 埋^{mai⁴} 化^{fa³} 裝^{zong¹} 品^{ben²}，性^{xing³} 質^{zed¹}

同^{tung⁴} 你^{néi⁵} 哋^{déi⁶} 公^{gung¹} 司^{xi¹} 嘅^{gé³} 產^{can²} 品^{ben²} 一^{yed¹} 樣^{yêng⁶}，由^{yeo⁴} 於^{yu¹} 我^{ngo⁵}

有^{yeo⁵} 興^{hing³} 趣^{cêu³} 同^{tung⁴} 經^{ging¹} 驗^{yim⁶}，翻^{fan¹} 譯^{yig⁶} 亦^{yig⁶} 係^{hei⁶} 我^{ngo⁵} 嘅^{gé³} 專^{jun¹}

業^{yib⁶}，所^{so²} 以^{yi⁵} 相^{sêng¹} 信^{sên³} 我^{ngo⁵} 可^{ho²} 以^{yi⁵} 勝^{xing¹} 任^{yem⁶} 你^{néi⁵} 哋^{déi⁶} 翻^{fan¹} 譯^{yig⁶}

主^{ju²} 任^{yem⁶} 嘅^{gé³} 工^{gung¹} 作^{zog³}。

求職面試常見問題

求職原因

除了從學歷、工作經驗和個人特質去考量面試者的能力外，主考官也愛以動機的角度提問。「**點解你申請我哋公司呢個職位呢？**」—— 是面試者經常會遇到的問題。

> **為甚麼你申請我們公司這個職位？**
>
> 🥢 問題的重點是「我們公司這個職位」，面試者要考慮如何把自己配對上來。
> 🥢 問題也是試探面試者對所投考公司和有關職位是否了解？有沒有花心思做準備工夫？這也是對加入這家公司熱誠程度的一個反映。

我們可以從這家公司或企業的文化、經營理念、發展策略、服務和產品等各方面，找出自己喜歡的或價值觀相符的事情來加以發揮。

問答例句（一）求職原因

dim² gai² néi⁵ sen¹ qing² ngo⁵ déi⁶ gung¹ xi¹ néi¹ go³

問 點 解 你 申 請 我 哋 公 司 呢 個

為甚麼你申請我們公司這個

點解	：為甚麼
我哋	：我們

jig¹ wei⁶ né¹

職 位 呢？

職位？

答1 ^{1}néi^5 déi^6 têu^1 heng^4 Ａ gei^3 wag^6 log^6 sed^6 wan^4 bou^2
你 哋 推 行 Ａ 計 劃， 落 實 環 保
你們推行Ａ計劃，實踐環保

> **你哋**：你們

gé^3 xing^4 nog^6 ngo^5 féi^1 sêng^4 ji^1 yen^1 sêng^2 héi^1
嘅 承 諾， 我 非 常 之 欣 賞， 希
的承諾，我十分欣賞，希

> **非常之**：粵語常在「非常」後面加「之」，以強調很大的程度。

mong^6 ho^2 yi^5 ga^1 yeb^6 guei^3 gung^1 xi^1
望 可 以 加 入 貴 公 司。
望可以加入貴公司。

答2 guei^3 gung^1 xi^1 zêu^3 gen^6 hei^2 dai^6 wan^1 kêu^1 hoi^1 zo^2
貴 公 司 最 近 喺 大 灣 區 開 咗
貴公司最近在大灣區設立

ban^6 xi^6 qu^3 ngo^5 sug^6 xig^1 noi^6 déi^6 xi^6 mou^6 yig^6
辦 事 處， 我 熟 悉 內 地 事 務， 亦
辦事處，我熟悉內地事務，也

tei^2 hou^2 dai^6 wan^1 kêu^1 xi^5 cêng^4 so^2 yi^5 sêng^2 lei^4
睇 好 大 灣 區 市 場， 所 以 想 嚟
看好大灣區市場，所以想到

> **睇好**：看好
> **嚟**：來

néi^1 dou^6 fad^3 jin^2
呢 度 發 展。
這裏來發展。

答3 néi^5 déi^6 gung^1 xi^1 zung^6 xi^6 yun^4 gung^1 fad^3 jin^2 hei^6
你 哋 公 司 重 視 員 工 發 展 係
你們公司重視員工發展，是

hong⁴ noi⁶ yen⁴ dou¹ ji¹ dou³ gé³ so² yi⁵ ngo⁵ gin³ dou²
行　　內　　人　　都　　知　　道　　嘅，所　以　　我　　見　　到
行內人都知道的，所以我看到

néi⁵ déi⁶ céng² yen⁴　zeo⁶ jig¹ heg¹ sen¹ qing² lag³
你　　哋　　請　　人，就　　即　　刻　　申　　請　　嘞。　**即刻**：立即
你們請人，便馬上申請了。

ngo⁵ yed¹ jig⁶ hou² zung¹ yi³ néi⁵ déi⁶ gé³ can² ben²
答4 我　　一　　直　　好　　鍾　　意　　你　　哋　　嘅　　產　　品，
我一直很喜歡你們的產品，

yeo⁴ kéi⁵ xi⁶ **A** hei⁶ lid⁶ ngo⁵ hou² sêng² ga¹ yeb⁶ néi⁵
尤　　其　　是　　**A** 系　　列，我　　好　　想　　加　　入　　你
尤其是 A 系列，我很想加入你

déi⁶ gé³ tün⁴ dêu² yed¹ cei⁴ fad³ fei¹ cong³ yi³
哋　　嘅　　團　　隊，一　　齊　　發　　揮　　創　　意。　**一齊**：一起
們的團隊，一同發揮創意。

🧠 思考題

1. 會話中求職者以「你哋」「貴公司」或「你哋公司」來稱呼對方，這三個詞哪一個比較好？

2. 上述會話第 2、3、4 項的回答，哪一個較見熱誠？從甚麼地方可以看出來？

詞彙 5.1 企業文化常用語

企業使命	kéi⁵ yib⁶ xi³ ming⁶	公司願景	gung¹ xi¹ yun⁶ ging²
核心價值	hed⁶ sem¹ ga³ jig⁶	經營理念	ging¹ ying⁴ léi⁵ nim⁶

追求創新	zêu¹ keo⁴ cong³ sen¹	國際視野	guog³ zei³ xi⁶ yé⁵
重視員工價值	zung⁶ xi⁶ yun⁴ gung¹ ga³ jig⁶	培養領導才能	pui⁴ yêng⁵ ling⁵ dou⁶ coi⁴ neng⁴
團隊精神	tün⁴ dêu² jing¹ sen⁴	團結共贏	tün⁴ gid³ gung⁶ yéng⁴
真誠正直	zen¹ xing⁴ jing³ jig³	以人為本	yi⁵ yen⁴ wei⁴ bun⁴
優質服務	yeo¹ zed¹ fug⁶ mou⁶	以客為尊	yi⁵ hag³ wei⁴ jun¹
發展策略	fad³ jin² cag³ lêg⁶	可持續發展	ho² qi⁴ zug⁶ fad³ jin²
注重環保	ju³ zung⁶ wan⁴ bou⁴	承擔社會責任	xing⁴ dam¹ sé⁵ wui⁴ zag³ yem⁶
危急應變策略	ngei⁴ geb¹ ying³ bin³ cag³ lêg⁶	健康及安全政策	gin⁶ hong¹ keb⁶ on¹ qun⁴ jing³ cag³
反歧視政策	fan² kéi⁴ xi⁶ jing³ cag³	關愛弱勢社羣	guan¹ oi³ yêg⁶ sei³ sé⁵ kuen⁴

短句練習

🥄 試從 5.1 詞彙表，找出合適用語 (可多於一項) 完成下列短句，並以粵語讀出。

ngo⁵ hou² ying⁶ tung⁴ néi⁵ déi⁶　　　　ge³ ga³

1. 我　好　認　同　你　哋 ＿＿＿＿＿＿ 嘅　價

jig⁶ gun¹
值　觀　。

我十分認同你們＿＿＿＿＿＿＿的價值觀。

ngo⁵ hou² ji¹ qi⁴ néi⁵ déi⁶ ge³　　　　sêng² héi²

2. 我　好　支　持　你　哋　嘅 ＿＿＿＿＿＿＿，想　喺

我很支持你們的＿＿＿＿＿＿，想在這方面協助宣傳和推廣。

ni¹ fong¹ min⁶ bong¹ seo² zou⁶ xun¹ qun⁴ tung⁴
呢　方　面　幫　手　做　宣　傳　同

têu¹ guong²
推　廣　。

3.
ngo⁵ zung¹ yi³ néi¹ dou⁶ gem³ ＿＿＿＿ ，令 員
我 鍾 意 呢 度 咁 ＿＿＿＿，令 員

我喜歡這裏這麼＿＿＿＿，令員工了解自己在所屬單位的重要性。

gung¹ liu⁵ gai³ dou³ ji⁶ géi² hei² so² sug⁶ dan¹ wei²
工 了 解 到 自 己 喺 所 屬 單 位

gé³ zung⁶ yiu³ xing³
嘅 重 要 性 。

4.
néi⁵ déi⁶ géi² seb⁶ nin⁴ gin¹ qi⁴ ＿＿＿＿ gé³ ging¹
你 哋 幾 十 年 堅 持＿＿＿＿ 嘅 經

你們數十年堅持＿＿＿＿的經營理念，令我十分敬佩。

ying⁴ léi⁵ nim⁶ ling⁶ ngo⁵ féi¹ sêng⁴ ging³ pui³
營 理 念 ， 令 我 非 常 敬 佩 。

工作目標

工作願景是另一個熱門的題目，因為無論哪一個主管，都不希望新入職人員到來一兩年便跳槽，浪費公司的培訓資源。

你有甚麼工作目標？

- 提問原因是想了解面試者有沒有在公司長遠發展的打算。
- 可回答具體的目標，最好目標與面試職位所賦予的前景一致。
- 不妨表露有成為管理層的志向，表示你是一個有理想和承擔的人。

問答例句（二）工作目標

問　你　有　乜　嘢　工　作　目　標？
néi⁵ yeo⁵ med¹ yé⁵ gung¹ zog³ mug⁶ biu¹
你有甚麼工作目標？

乜嘢：甚麼。

ngo⁵ héi¹ mong⁶ sam¹ nin⁴ heo⁶ ho² yi⁵ xing⁴ wei⁴ zung¹ ceng⁴ gun² léi⁵
我　希　望　三　年　後　可　以　成　為　中　層　管　理
管理人員。我希望三年後可以成為中層管理中層管理

yen⁴ yun⁴
人　員。
人員。

答1 ngo⁵ héi¹ mong⁶ ho² yi⁵ da² po³ gung¹ xi¹ gé³ zêü³ gai¹ xiu¹ seo⁶
我　希　望　可　以　打　破　公　司　嘅　最　佳　銷　售
我希望可以打破公司的最佳銷售

géi² lug⁶
紀　錄。
紀錄。

答2 ngo⁵ sêng² hei² gung¹ qing⁴ bou⁶ zou⁶ do¹ di¹ m⁴
我　想　喺　工　程　部　做　多　啲　唔 ┃**多啲**┃：多一些。
我想在工程部多做一些不

tung⁴ gong¹ wei² gé³ gung¹ zog³ zêng¹ loi⁴ ho² yi⁵ xing⁴ wei⁴ bou⁶ mun⁴
同　崗　位　嘅　工　作，將　來　可　以　成　為　部　門
同崗位的工作，將來可以

gé³ gun²léi⁵ ceng⁴
嘅　管　理　層。
成為部門的管理層。

配詞練習

✎ 請把各個句子按所提供用詞以粵語讀出

ngo⁵ sêng² hei² xi⁵ cêng⁴ bou⁶ 　　　　　 fad³ jin²

1. 我　想　喺　市　場　部　＿＿＿＿＿＿ 發　展。

xi³ ha⁵ cêng⁴ yun⁵ gei³ zug⁶
（試 下／長　遠／繼　續）

cen⁴ xin¹ sang¹ yeb⁶ lei⁴ sam¹ nin⁴ zeo⁶ zou⁶ zo² bou⁶ mun⁴

2. 陳　先　生　入　嚟　三　年　就　做　咗　部　門　＿＿＿＿＿＿。

ging¹ léi⁵ zung² gam¹ ju² gun²
（經　理／總　監／主　管）

ngo⁵ héi¹ mong⁶ ng⁵ nin⁴ heo⁶ ho² yi⁵ xing⁴ wei⁴²

3. 我　希　望　五　年　後　可　以　成　為　＿＿＿＿＿＿。

tün⁴ dêu² ling² dou⁶ zung¹ ceng⁴ gun² léi⁵ yen⁴ yun⁴ gou¹ keb¹ heng⁴
（團　隊　領　導／中　層　管　理　人　員／高　級　行

jing³ yen⁴ yun⁴
政　人　員）

ngo⁵ héi¹ mong⁶ gem¹ nin² ho² yi⁵ 　　　　　 sam¹ qin¹ man⁶ gé³ ying⁴

4. 我　希　望　今　年　可　以＿＿＿＿＿＿ 三　千　萬　嘅　營

yib⁶ ngag²
業　額。

zeng¹ cêu² dad⁶ dou³ ded⁶ po³
（爭　取／達　到／突　破）

職場技巧

　　此外，職場技巧是面試中經常問及的內容，問題通常離不開時間管理、人際關係、紀律操守等範疇。回答這一類題目，可以提出原則和具體的做法，令人知道你的看法和解決問題的能力。時間管理與工作壓力息息相關，這裏就以時間管理為討論例子。

你怎樣做時間管理呢？

✍ 提問是想了解面試者是否有時間管理的能力，以承受工作可能帶來的壓力。

✍ 方法不必出奇制勝，要在切實可行。

問答例句（三）時間管理

néi⁵ hei⁶ dim² zou⁶ xi⁴ gan³ gun² léi⁵ gé³ né¹

問　你　係　點　做　時　間　管　理　嘅　呢？　　　**點**：怎樣

你是怎麼做時間管理的？

ngo⁵ mui⁵ yed¹ yed⁶ wui⁵ gim² tou² zou⁶ hou² zo²

答1　我　每　一　日　會　檢　討　做　好　咗

我每一天會總結辦妥了

géi² do¹ yêng⁶ yé⁵　yeo⁴ gid³ guo² tei⁴ xing² ji⁶ géi²

　　幾　多　樣　野，由　結　果　提　醒　自　己　　**幾多**：多少

多少事，我從結果提醒自己

m⁴ hou² long⁶ fei³ xi⁴ gan³

　　唔　好　浪　費　時　間　。　　　　　　　　　**唔好**：不好、不要。

不好浪費時間。

ngo⁵ ji¹ dou⁶ xi⁴ gan³ hei⁶ zêü³ bou² guei³ gé³ ji¹

答2　我　知　道　時　間　係　最　寶　貴　嘅　資

我知道時間是最寶貴的資

yun⁴　so²　yi⁵　ngo⁵　zou⁶　yé⁵　féi¹　sêng⁴　ji¹　jun¹　ju³
源　，　所　以　我　做　野　非　常　之　專　注　，
源，所以我做事十分專注，

yun⁴　xing⁴　gung¹　zog³　ji²　wui⁵　zou²　m⁴　wui⁵　qi⁴
完　成　工　作　只　會　早　唔　會　遲。　**唔會**：不會
完成工作只會早不會遲。

ngo⁵　ling⁴　wud⁶　gun²　léi⁵　xi⁴　gan³　　m⁴　wui⁵　séi²　gen¹
答3　我　靈　活　管　理　時　間　，　唔　會　死　跟
我靈活管理時間，不會一成不變地跟

ju⁶　xi⁴　gan³　biu²　yig⁶　m⁴　yed¹　ding⁶　xin¹　zou⁶　ded⁶
住　時　間　表　，　亦　唔　一　定　先　做　突　　**唔一定**：不一定
時間表，也不一定先做突

fad³　yé⁵　yi⁴　hei⁶　gen²　seo²　ju⁶　xin¹　zou⁶　gen²　yiu³
發　嘢　，　而　係　緊　守　住　先　做　緊　要　　**緊要**：要緊、重要。
發的事情，而是緊守先做重要

xi⁶　gé³　yun⁴　zeg¹
事　嘅　原　則　。
事情的原則。

配詞練習

✒ 請把各個句子按所提供用詞以粵語讀出。

zou⁶　hou²　xi⁴　gan³　gun²　léi⁵　　sêü¹　yiu³　yeo⁵
1.　做　好　時　間　管　理　，　需　要　有　＿＿＿＿＿＿。

kuei¹　wag⁶　ji⁶　lêd⁶　neng⁴　lig⁶　ga³　jig⁶　pun³　dün⁶
（規　劃 / 自　律　能　力 / 價　值　判　斷）

xi⁴ gan³ gun² léi⁵ deg¹ hou² zeo⁶ yeo⁵

2. 時　間　管　理　得　好　就　有　_____。

hao⁶ lêd² seng¹ can² lig⁶ gung¹ zog³ yu⁶ xun³
（效　率 / 生　產　力 / 工　作　預　算）

zêü³ gen² yiu³ m⁴ hou²　　　　　　m⁴ hei⁶ zeo⁶ yeo⁵ xi⁴ gan³ biu² dou¹

3. 最　緊　要　唔　好　_____，唔　係　就　有　時　間　表　都

mou⁵ yung⁶
　　無　　用　。

to¹ yin⁴ sem¹ bed¹ zoi⁶ yin⁴ deg¹ guo³ cé² guo³
（拖　延 / 心　不　在　焉 / 得　過　且　過）

ho² yi⁵ bong¹ seo² kuei¹ wag⁶ xi⁴ gan³

4. _____ 可　以　幫　手　規　劃　時　間。

géi³ xi⁶ bou² heng⁴ xi⁶ lig⁶ yud⁶ lig⁶
（記　事　簿 / 行　事　曆 / 月　曆）

交通往返

除了與工作或個人有關的問題之外，一些簡單如上班乘坐甚麼交通工具也是面試者常常遇到的問題。這一類話題比較輕鬆，可以用來緩和一下面試的緊張氣氛。

你怎樣坐車過來？

這一個相對輕鬆的問題，其實也有實際的作用，因為如果上班的交通太轉折，或需要花很長時間，便有機會成為僱員遲到或推辭加班的理由了。

問答例句（四）上班交通

問　néi⁵ dim² dab³ cé¹ guo³ lei⁴ ga³
　　你　點　搭　車　過　嚟　㗎？
　　你怎樣坐車過來？

答1　ngo⁵ dab³ gong² tid³　yeo⁴ wan¹ zei² guo³ lei⁴ hou² fong¹ bin⁶
　　我　搭　港　鐵，由　灣　仔　過　嚟　好　方　便。
　　我坐港鐵，從灣仔過來很方便。

答2　ngo⁵ ug¹ kéi² fu⁶ gen⁶ yeo⁵ 72 hou⁶ ba¹ xi² zam⁶　dab³ ba¹ xi² zeo⁶ ho²
　　我　屋　企　附　近　有　72　號　巴　士　站，搭　巴　士　就　可
　　我家附近有 72 號巴士站，坐巴士就可

　　yi⁵ jig⁶ jib³ guo³ lei⁴
　　以　直　接　過　嚟。
　　以直接過來。

答3　ngo⁵ ju⁶ go² dou⁶ yeo⁵ qun¹ ba¹　yeo⁴ tün⁴ mun⁴ lei⁴
　　我　住　嗰　度　有　邨　巴，由　屯　門　嚟
　　我住那兒有邨巴，由屯門到

> **嗰度**：那兒、那裏。
> **邨巴**：只在上下班時間行駛，來往於一些較偏遠的住宅區與市區。

　　néi¹ dou⁶ dou¹ hei⁶ 45 fen¹ zung¹ zé¹
　　呢　度　都　係　45　分　鐘　啫。
　　這裏才不過 45 分鐘呢。

答4　ngo⁵ dab³ xiu² ba¹　10 fen¹ zung¹ zo² yeo² hêu³ dou³ méi⁵ fu¹　yin⁴
　　我　搭　小　巴，10　分　鐘　左　右　去　到　美　孚，然
　　我坐小巴，10 分鐘左右到美孚，然

heo⁶ dab³ gong² tid³ guo³ lei⁴

後　搭　港　鐵　過　嚟。

後乘港鐵過來。

詞彙 5.2 交通

坐	co⁵	搭	dab³	港 / 地鐵	gong²/ déi⁶ tid³
輕鐵	hing¹ tid³	巴士	ba¹ xi²	小巴 /van 仔	xiu² ba¹ / van zei²
隧巴	sêu⁶ ba¹	邨巴	qun¹ ba¹	接駁巴士	jib³ bog³ ba¹ xi²
電車	din⁶ cé¹	的士	dig¹ xi²	私家車	xi¹ ga¹ cé¹
船	xun⁴	渡輪	dou⁶ lên⁴	碼頭	ma⁵ teo⁴
車站	cé¹ zam⁶	上車	sêng⁵ cé¹	落車	log⁶ cé¹
塞車	seg¹ cé¹	等車	deng² cé¹	行路	hang⁴ lou⁶
直到	jig⁶ dou³	轉車	jun³ cé¹	地鐵轉線	déi⁶ tid³ jun³ xin³
入閘	yeb⁶ zab⁶	出閘	cêd¹ zab⁶	繁忙時間	fan⁴ mong⁴ xi⁴ gan³
買飛	mai⁵ féi¹	八達通	bad³ dad⁶ tung¹	車飛二維碼	cé¹ féi¹ yi⁶ wei⁴ ma⁵

短句練習

試從 5.2 詞彙表，找出合適用語（可多於一項）完成下列短句，並以粵語讀出。

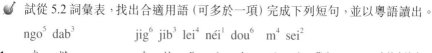

ngo⁵ dab³ _____ jig⁶ jib³ lei⁴ néi¹ dou⁶ m⁴ sei²

1. 我　搭 _____ 直　接　嚟　呢　度，唔　使　　我坐_____直接來這裏，不用_____。

_____ 。

ngo⁵ yeo⁴ hung⁴ hem³ lei⁴ beg¹ gog³ hou²

2. 我　由　紅　磡　　　嚟　北　角　好　　我從紅磡_____到北角很方便。

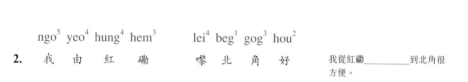

fong^1 bin^6

方　便　。

ngo^5　　　　bun^3 go^3 zung^1 zeo^6 dou^3

3. 我 _____ 半 個 鐘 就 到 。

> 我_____半小時便到。

ngo^5 dab^3 déi^6 tid^3　　hang^4 5 fen^1 zung^1

4. 我 搭 地 鐵 ，_____ 行 5 分 鐘

> 我坐地鐵，_____走5分鐘便到。

zeo^6 dou^3

就　到　。

語音練習

　　粵語保存中古漢語平、上、去、入四聲，又依四聲分為陰陽兩類，成為漢語中聲調最多的一種方言。對粵語初學者來說，能夠辨別聲調就是掌握學習的關鍵。以下粵語聲調表列出課文中相關詞語，請聆聽及跟讀。

1. 課文詞例聲調表

調號	1	2	3	4	5	6
調類	陰平	陰上	陰去	陽平	陽上	陽去
詞例	公司 gung^1 xi^1	點解 dim^2 gai^2	創意 cong^3 yi^3	人員 yen^4 yun^4	有理 yeo^5 léi^5	重視 zung^6 xi^6
	多啲 do^1 di^1	檢討 gim^2 tou^2	去到 hêu^3 dou^3	繁忙 fan^4 mong^4	領養 ling^5 yêng^5	內地 noi^6 déi^6
調類	陰入		中入			陽入
詞例	即刻 jig^1 hag^1		作客 zog^3 hag^3			落實 log^6 sed^6
	一級 yed^1 keb^1		發覺 fad^3 gog^3			入閘 yeb^6 zab^6

2. 聲調比較

　　讀錯或改變字詞的聲調，字詞的意義便會隨之改變，別人也無法明白你到底在說甚麼了。

 下表中 (一) 是摘自課文的詞語，(二) 是與 (一) 同拼音但不同聲調的詞語，請細心聆聽錄音，跟讀及找出詞語的聲調。

(一)	(二)
申請 sen (　) qing (　)	神情 sen (　) qing (　)
重視 zung (　) xi (　)	縱使 zung (　) xi (　)
鍾意 zung (　) yi (　)	中醫 zung (　) yi (　)
領導 ling (　) dou (　)	令到 ling (　) dou (　)
熟悉 sug (　) xig (　)	熟食 sug (　) xig (　)
管理 gun (　) léi (　)	官吏 gun (　) léi (　)
點做 dim (　) zou (　)	店租 dim (　) zou (　)
方便 fong (　) bin (　)	防變 fong (　) bin (　)
預算 yu (　) xun (　)	漁船 yu (　) xun (　)
事務 xi (　) mou (　)	師母 xi (　) mou (　)

實踐篇

面試官：你 點 解 申 請 我 哋 公 司 呢 個 職 位 呢？
néi[5] dim[2] gai[2] sen[1] qing[2] ngo[5] déi[6] gung[1] xi[1] néi[1] go[3] jig[1] wei[6] né[1]

求職者：我 以 前 參 加 一 個 座 談 會， 聽 到 你
ngo[5] yi[5] qin[4] cam[1] ga[1] yed[1] go[3] zo[6] tam[4] wui[2] téng[1] dou[2] néi[5]

哋 公 司 代 表 講 點 樣 將 產 品 導 入
déi[6] gung[1] xi[1] doi[6] biu[2] gong[2] dim[2] yêng[2] zêng[1] can[2] ben[2] dou[6] yeb[6]

seng¹ can² zei³ zou⁶ ngo⁵ gog³ deg¹ néi⁵ déi⁶ hou² gu² lei⁶ cong³ yi³
生　產　製　造。我　覺　得　你　哋　好　鼓　勵　創　意

tung⁴ ji¹ qi⁴ yun⁴ gung¹ so² yi⁵ ji¹ dou⁶ néi⁵ déi⁶ céng² can² ben²
同　支　持　員　工，所　以　知　道　你　哋　請　產　品

yin⁴ fad³ yun⁴ zeo⁶ jig¹ heg¹ sen¹ qing²
研　發　員，就　即　刻　申　請。

néi⁵ yeo⁵ mé¹ gung¹ zog³ mug⁶ biu¹ né¹
面試官： 你　有　咩　工　作　目　標　呢？

ngo⁵ sêng² hêng³ can² ben² yin⁴ fad³ fad³ jin² héi¹ mong⁶ ho² yi⁵
求職者： 我　想　向　產　品　研　發　發　展，希　望　可　以

xing⁴ wei⁴ yin⁴ fad³ gung¹ qing⁴ xi¹
成　為　研　發　工　程　師。

ho² m⁴ ho² yi⁵ gong² ha⁶ néi⁵ hei² xi⁴ gan³ gun² léi⁵ fong¹ min⁶ gé³
面試官： 可　唔　可　以　講　下　你　喺　時　間　管　理　方　面　嘅

ging¹ yim⁶
經　驗？

ngo⁵ zab⁶ guan³ yé⁶ man⁵ tei² ha⁵ dei⁶ yi⁶ yed⁶ gé³ xi⁴ gan³ biu²
求職者： 我　習　慣　夜　晚　睇　下　第　二　日　嘅　時　間　表，

cêu⁴ zo² xin¹ yeo⁵ yed¹ go³ koi³ nim⁶ yig⁶ ho² yi⁵ zoi³ pin¹ pai⁴
除　咗　先　有　一　個　概　念，亦　可　以　再　編　排

qi³ zêu⁶ gem² zou⁶ zeo⁶ mui⁵ yed⁶ dou¹ mug⁶ biu¹ qing¹ xig¹ tung⁴
次　序，咁　做　就　每　日　都　目　標　清　晰　同

yeo⁵ hao⁶ lêd²
有　效　率。

néi⁵ hei⁶ dim² yêng² dab³ cé¹ guo³ lei⁴ ga³
面試官： 你　係　點　樣　搭　車　過　嚟　㗎？

ngo⁵ m⁴ sei² dab³ cé¹　ngo⁵ hei² jim¹ sa¹ zêü² ma⁵ teo⁴ co⁵ xun⁴
求職者： 我　唔　使　搭　車，　我　喺　尖　沙　咀　碼　頭　坐　船

hêu³ wan¹ zei²　yin⁴ heo⁶ hang⁴ 15 fen¹ zung¹ zeo⁶ lei⁴ dou³ lag³
去　灣　仔，　然　後　行　15　分　鐘　就　嚟　到　嘞。

49

第六課　電話應對

今天的通訊方式雖然五花八門，但對於面試的安排，企業為了慎重起見，也會用電話作為確認或通知的媒介，而對求職者來說，最快捷的查詢就是把電話打到對方的辦公室去，因為電話對答比電郵更加直接和可以得到即時的回應。

會話（一）面試安排

以下會話人物，H 代表 human resources 人力資源部職員，C 代表 candidate 申請人。

| | ngo⁵ | déi⁶ | sêng² | yêg³ | néi⁵ | ha⁶ | xing¹ | kéi⁴ | ng⁵ | seb⁶ |

H　我　哋　想　約　你　下　星　期　五，十
　　我們想約你下星期五，十

yud⁶ lug⁶ hou⁶ ha⁶ zeo³ lêng⁵ dim² zung¹ sêng⁵ lei⁴
月　六　號　下　晝　兩　點　鐘　上　嚟　　**下畫**：下午。
月六日下午兩點過來

min⁶ xi³ yeo⁵ mou⁵ xi⁴ gan³ né¹
面　試，有　冇　時　間　呢？　　**有冇**：有沒有。
面試，有沒有時間呢？

50

yeo⁵ xi⁴ gan³　ngo⁵ wui⁵ zên² xi⁴ dou³

C　有　時　間　，　我　會　準　時　到　。

有時間，我會準時到。

néi⁵ lei⁴ dou³ wen² yen⁴ lig⁶ ji¹ yun⁴ bou⁶ gé³ fong¹ xiu² zé² a¹

H　你　嚟　到　搵　人　力　資　源　部　嘅　方　小　姐　吖　。

你到了找人力資源部的方小姐吧。

hou² a³　qing² men⁶ yeo⁵ mé¹ yiu³ dai³ né¹

C　好　呀　，　請　問　有　咩　要　帶　呢　？　　**咩**：甚麼（東西）。

好呀，請問有甚麼（東西）要帶過來呢？

dai³ néi⁵ gé³ sen¹ fen⁶ jing³　tung⁴ mai⁴ léi⁵ lig⁶

H　帶　你　嘅　身　份　證　，　同　埋　履　歷　　**同埋**：和、及。

帶來你的身份證和履歷表

sêng⁶ min⁶ yeo⁵ guan¹ gé³ hog⁶ lig⁶ tung⁴ gung¹ zog³

上　面　有　關　嘅　學　歷　同　工　作

上有關的學歷和工作

jing³ ming⁴ men⁴ gin²

證　明　文　件　。

證明文件。

hou²　m⁴ goi¹ sai³

C　好　，　唔　該　晒　！　　**唔該晒**：謝謝，「晒」起強
調的作用。

好的，謝謝！

會話（二）查詢結果

以下會話人物，C 代表面試者張莉，L 代表人力資源部主任林先生。

m⁴ goi¹ céng² yen⁴ lig⁶ ji¹ yun⁴ bou⁶ ju² yem⁶ lem⁴

C　唔　該　請　人　力　資　源　部　主　任　林　　|唔該|：有勞。

麻煩請人力資源部主任林

ji³ men⁴ xin¹ sang¹ téng¹ din⁶ wa²

志　文　先　生　聽　電　話　。

志文先生聽電話。

ngo⁵ hei⁶　néi⁵ hei⁶ bin¹ wei²

L　我　係，　你　係　邊　位　？　　|邊位|：哪一位。

我是，你是哪一位？

lem⁴ sang¹　néi⁵ hou²　ngo⁵ hei⁶ yud⁶ tou⁴ lei⁴

C　林　生，　你　好！　我　係　月　頭　嚟　　|月頭|：月初。

林先生，您好！我是月初來

min⁶ xi³ gé³ zêng⁴ léi⁶　qing² men⁶ min⁶ xi³ yeo⁵ gid³ guo² méi⁶ né¹

　面　試　嘅　張　莉，　請　問　面　試　有　結　果　未　呢？

面試的張莉，請問面試有結果了嗎？

néi⁵ gin³ gé³ hei⁶ bin¹ yed¹ go³ jig¹ wei⁶ né¹

L　你　見　嘅　係　邊　一　個　職　位　呢？　　|邊一個|：哪一個。

你面試的是哪一個職位呢？

ji¹ liu² fen¹ xig¹ yun⁴

C　資　料　分　析　員　。

資料分析員。

yi¹ ga¹ zung⁶ méi⁶ yeo⁵ küd³ ding⁶　　ngo⁵ déi⁶ yeo⁵

L　依　家　仲　未　有　決　定，我　哋　有　　　**仲未有**：還沒有。

　　現在還沒有決定，我們有

xiu¹ xig¹ wui⁵ zên⁶ fai³ tung¹ ji¹ néi⁵

　　消　息　會　儘　快　通　知　你。

　　消息會儘快通知你。

hou²　　ma⁴ fan⁴ néi⁵

C　好，麻　煩　你！

　　好的，勞煩你！

會話（三）簽約通知

以下會話人物，H 代表 human resources 人力資源部職員，C 代表 candidate 申請人。

heb⁶ yêg³ ging¹ yi⁵ zên² béi⁶ hou²　　ha⁶ go³ lei⁵

H　合　約　經　已　準　備　好，下　個　禮　　　**經已**：已經。

　　合約已經準備妥當，下個禮

bai³ néi⁵ yeo⁵ mou⁵ xi⁴ gan³ guo³ lei⁴ qim¹ yêg³

　　拜　你　有　冇　時　間　過　嚟　簽　約？

　　拜你有沒有時間來簽約？

hou² a³　m⁴ ji¹ néi⁵ déi⁶ seo¹ géi² dim² né¹

C　好　呀，唔　知　你　哋　收　幾　點　呢？　　**收**：收工、下班。

　　好呀，不知你們甚麼時間下班呢？

ngo⁵ déi⁶ ng⁵ dim² bun³ fong³ gung¹　　néi⁵ séi³

H　我　哋　五　點　半　放　工，你　四　　　**放工**：下班。

　　我們五點半下班，你四

dim^2 bun^3 ji^1 qin^4 lei^4 wui^5 hou^2 di^1

點　半　之　前　嚟　會　好　啲。　　　　**好啲**：好一點。

點半之前來比較好。

gem^2 ngo^5 yêg^3 néi^5 ha^6 go^3 lei^5 bai^3 yed^1 ha^6

C　咁　我　約　你　下　個　禮　拜　一　下

這樣，我約你下個禮拜一下

zeo^3 xi^4 gan^3 yi^1 ga^1 gong^2 m^4 sed^6

畫，時　間　依　家　講　唔　實。　　　**講唔實**：說不定。

午，時間現在說不定。

m^4 gen^2 yiu^3　néi^5 séi^3 dim^2 bun^3 qin^4 sêng^5 seb^6

H　唔　緊　要，你　四　點　半　前　上　十　　**唔緊要**：不要緊。

不要緊，你四點半前到十

leo^2 yen^4 lig^6 ji^1 yun^4 bou^6 wen^2 ngo^5 zeo^6 deg^1 lag^3

樓　人　力　資　源　部　搵　我　就　得　嘞。

樓人力資源部找我就行了。

mou^5 men^6 tei^4　dou^3 xi^4 gin^3

C　冇　問　題，到　時　見。　　　　**冇**：沒有。

沒問題，到時候再見！

詞彙 1+1

詞　彙		詞　義	同　義　詞	
下晝	ha^6 zeo^3	下午	晏晝	ha^6 zeo^3
搵	wen^2	找	搲*	cao^3
咩	méi^1	甚麼	乜野	med^1 yé^5

詞彙		詞義	同義詞	
同埋	tung⁴ mai⁴	和	同	tung⁴
跟	gen¹	同	同	tung⁴
放工	fong³ gung¹	下班	收工	seo¹ gung¹
咁	gem²	這樣	咁樣	gem² yêng²
依家	yi¹ ga¹	現在	而家	yi⁴ ga¹
講唔實	gong² m⁴ sed⁶	說不準	話唔埋	wa⁶ m⁴ mai⁴
			話唔定	wa⁶ m⁴ ding⁶
唔緊要	m⁴ gen² yiu³	沒關係	冇相干	mou⁵ sêng¹ gon¹
			冇嘢	mou⁵ yé⁵

*「搵」用於物件，用於人則有貶義，所以電話對話中的「搵某某」不能説成「搣某某」。

實用句子練習

正反回答

✍ 請把各個問題的正反回答按所提供用語以粵語讀出。

1. 你星期四有冇時間嚟面試呢？

　　正：有時間，請問＿＿＿＿＿＿呢？
　　　géi² dim² sêng⁶ zeo³ ding⁶ ha⁶ zeo³ déi⁶ ji² bin¹ dou⁶
　　　幾　點 / 上　畫　定　下　畫 / 地　址　邊　度

　　反：唔好意思，我星期四唔得，＿＿＿＿＿＿至得。
　　　xing¹ kéi⁴ ng⁵ ha⁶ go³ xing¹ kéi¹ yud⁶ méi⁵ go³ xing¹ kéi⁴
　　　星　期　五 / 下　個　星　期 / 月　尾　個　星　期

2. 我哋畀唔到你要求嘅四萬，減兩千文有冇問題？

　　正：冇問題，我＿＿＿＿＿＿。

jib³ seo⁶ tung⁴ yi³　　OK

接　受 / 同　　意 / OK

反：我要考慮一下，＿＿＿＿＿＿。

ting¹ yed⁶ fug¹ néi⁵ méi⁶ bid¹ jib³ seo⁶ tung⁴ ug¹ kéi² yen⁴ sêng¹ lêng⁴

聽　日　覆　你 / 未　必　接　受 / 同　屋　企　人　商　量

3. 我哋星期日都要返工，你有冇問題呢？

正：星期日返工＿＿＿＿＿＿。

mou⁵ men⁶ tei⁴ ho² yi⁵　　OK

冇　問　題 / 可　以 / OK

反：＿＿＿＿＿＿，咁我唔考慮嘞。

wui⁵ yeo⁵ men⁶ tei⁴　m⁴ hei⁶ gem³ fong¹ bin⁶　m⁴ hei⁶ gem³ hou²

會　有　問　題 / 唔　係　咁　方　便 / 唔　係　咁　好

4. 你呢個禮拜可唔可以交到兩封推薦信畀我哋？

正：＿＿＿＿＿＿，我儘快畀你。

ho² yi⁵　mou⁵ men⁶ tei⁴ deg¹

可　以 / 冇　問　題 / 得

反：我呢個禮拜要出門，＿＿＿＿＿＿嘞。

on¹ pai⁴ m⁴ dou² zou⁶ m⁴ dou² gon² m⁴ qid³

安　排　唔　到 / 做　唔　到 / 趕　唔　切

5. 你聽日係咪可以將畢業證書正本補交畀我？

正：係，＿＿＿＿＿＿。

ho² yi⁵　mou⁵ men⁶ tei⁴ ting¹ yed⁶ bou² gao¹ béi² néi⁵

可　以 / 冇　問　題 / 聽　日　補　交　畀　你

反：唔好意思，我唔見咗，冇咁快可以＿＿＿＿＿＿。

bou² ling⁵ ban⁶ seo² zug⁶ bou² gao¹ béi² néi⁵

補　　領 / 辦　手　續 / 補　交　畀　你

語氣比較提問句

問題例如：「你哋幾點收工？」，句子本身已經意思清晰，如果把一些對句意沒有多大影響的詞語如「究竟」「唔知」「請問」加上去的話，句子會產生甚麼變化呢？

提問句：你哋幾點收工？

＋究竟：究竟你哋幾點收工？

＋唔知：唔知你哋幾點收工？

＋請問：請問你哋幾點收工？

比較起來，變化十分明顯。「究竟」加強了問題的語氣，有一種必須得到答案的壓迫感；「唔知」令提問變得婉轉，產生舒緩語氣的效果；「請問」是客套用語，表現了提問人的禮貌和謹慎。在面試或與對方公司的提問中，我們可因應情況，適當地加上「唔知」或「請問」。

🖤 請把各個問題分別加上「究竟 geo³ ging²」「唔知 m⁴ ji¹」「請問 qing² men⁶」讀出，並感受當中三個句子的語氣表現。

cen⁴ ging¹ léi⁵ hei² m⁴ hei² dou⁶ né¹

1. 陳　經　理　喺　唔　喺　度　呢？

min⁶ xi³ yeo⁵ gid³ guo² méi⁶

2. 面　試　有　結　果　未？

géi² xi⁴ yeo⁵ dei⁶ yi⁶ lên⁴ min⁶ xi³

3. 幾　時　有　第　二　輪　面　試？

yen⁴ gung¹ yeo⁵ géi² do¹ né¹

4. 人　工　有　幾　多　呢？

géi² xi⁴ ho² yi⁵ qim¹ yêg³ né¹

5. 幾　時　可　以　簽　約　呢？

回答短句

以下句子是日常生活或電話中常用的簡單回答：

粵語	拼音	普通話
冇所謂	mou⁵ so² wei⁶	無所謂
冇問題	mou⁵ men⁶ tei⁴	沒問題
唔緊要	m⁴ gen² yiu³	沒關係、不要緊
唔使客氣	m⁴ sei² hag³ héi³	別客氣
唔好意思	m⁴ hou² yi³ xi¹	不好意思
唔好咁講	m⁴ hou² gem² gong²	別這樣説
唔該晒	m⁴ goi¹ sai³	十分感謝
麻煩晒	ma⁴ fan⁴ sai³	給你添麻煩了

🍵 以下有兩個表，請從 (B) 選出適當的回答，把英文字母寫在與 (A) 情境配對的括號裏。

(A)	(1) 在電話中，對方表示你找的人今天放假，請你明天再打過來。	( )
	(2) 你和同事外出吃飯，他問你好不好走遠一點，去一家新開的餐廳。	( )
	(3) 你在車廂裏給人撞了一下，對方跟你説「對不起」。	( )
	(4) 你多次打電話沒把人找到，他的同事請你留下聯絡方法。	( )
	(5) 對方覺得在電話裏佔用了你不少時間，收線前説「打搞晒」。	( )
	(6) 對方感謝你的幫忙，跟你説「唔該晒」。	( )
	(7) 上司説晚上有個宴會，想你一同出席。	( )
	(8) 上司不在辦公室，你問是誰給他打電話。	( )

m⁴ gen² yiu³ (a) 唔　緊　要　。	不要緊。
m⁴ sei² hag³ héi³ (b) 唔　使　客　氣　。	別客氣。
m⁴ hou² gem² gong² (c) 唔　好　咁　講　。	別這樣說。
m⁴ hou² yi³ xi¹　kêu⁵ m⁴ hei² dou⁶　néi⁵ hei⁶ (d) 唔　好　意　思，佢　唔　喺　度，你　係 bin¹ wei² wen² kêu⁵ 邊　位　搵　佢？	不好意思，他不在這裏，你是哪一位找他？
m⁴ goi¹ sai³　ngo⁵ ting¹ yed⁶ zoi³ da² guo³ lei⁴ (e) 唔　該　晒，我　聽　日　再　打　過　嚟。	謝謝，我明天再打電話來。
ngo⁵ giu³ ng⁴ ming⁴　din⁶ wa² hei⁶ 5432 1234 (f) 我　叫　吳　明，電　話　係　5432 1234。 ma⁴ fan⁴ sai³ 麻　煩　晒！	我叫吳明，電話是 5432 1234。給你添麻煩了！
mou⁵ men⁶ tei⁴ (g) 冇　問　題	沒問題。
mou⁵ so² wei⁶ (h) 冇　所　謂。	無所謂。

(B)

🗣香港地粵語

「唔該」與「多謝」

初到香港的朋友一定留意到，「唔該」是香港人最常掛在口邊的一句話，當知道「唔該」就是「多謝」的意思，便會奇怪香港人為甚麼老是向人道謝呢？原來「唔該」與「多謝」雖同樣用以致謝，但用法上有些不同，而且意義更廣。先看看下面表示謝意的例子：

$$hou^2 \ coi^2 \ deg^1 \ néi^5 \ bong^1 \ mong^4 \ zen^1 \ hei^6 \ m^4 \ goi^1 \ sai^3$$

1. 好 彩 得 你 幫 忙 ，真 係 唔 該 晒 ！　　幸好得到你幫忙，真的十分感謝！

$$do^1 \ zé^6 \ néi^5 \ gé^3 \ yen^1 \ sêng^2$$

2. 多 謝 你 嘅 欣 賞 ！　　謝謝你的欣賞！

$$néi^1 \ can^1 \ fan^6 \ gem^3 \ fung^1 \ fu^3 \ zen^1 \ hei^6 \ do^1 \ zé^6 \ sai^3$$

3. 呢 餐 飯 咁 豐 富 ，真 係 多 謝 晒 ！　　這頓飯這麼豐富，真的十分感謝！

可見，「多謝」是用於回應贊美，或對送禮、請吃飯等物質餽贈的道謝；而「唔該」則是用以對別人的幫助或服務表示謝意。

此外，「唔該」還有其他的意義用途，再看看以下的例子：

$$m^4 \ goi^1 \ béi^2 \ bui^1 \ dung^3 \ ga^3 \ fé^1 \ ngo^5$$

（1）唔 該 畀 杯 凍 咖 啡 我 。　　請給我來一杯冰咖啡。

$$m^4 \ goi^1 \ zé^3 \ yed^1 \ zé^3$$

（2）唔 該 ！借 一 借 。　　請讓一讓路！

例（1）的「唔該」放在句首，用法有點像普通話的「請」，先說「唔該」然後說出幫忙或服務的內容。香港人對服務人員說「唔該」已成根深蒂固的習慣，無論買東西、吃飯點菜、去銀行提款存款，坐小巴上車下車……基本上只要對象是服務人員，說話時便會用上「唔該」。

例 (2) 的「唔該」，則是用作引起別人注意的禮貌用語，可用於叫喚服務人員或陌生人，例如向陌生人問路：「唔該，附近有冇地鐵站呢？」這個「唔該」就相當於「你好」的打招呼用語了。那麼如果說「你好，附近有冇地鐵站呢？」這當然沒有問題，不過這便看出說話的不是本地人了。

語音練習

「一」和「日」

「一」(yed[1]) 和「日」(yed[6]) 聲母、韻母相同，而聲調分別為陰入和陽入，即第一聲和第六聲。兩者發音相近，初學粵語者在聽或講的時候都經常發生誤會，我們必須小心辨別。

聲調比較：入聲的第一聲與第六聲

聲調 拼音	1	6
bed	筆、畢、不	拔
deg	得	特
hed	乞	核
jig	職、織、即	直、值、席
med	乜	物、密、蜜
xig	識、析、色	食
yed	一	日
yeb	泣	入

請聆聽上表音檔，並讀出下列句子。

ngo[5] m[4] xig[6] yim[5] xig[1] ge[3] xig[6] med[6]

(1) 我 唔 食 染 色 嘅 食 物 。

(2) 你 有 乜 嘢 秘 密 消 息 ？

néi⁵ yeo⁵ med¹ yé⁵ béi³ med⁶ xiu¹ xig¹

(3) 佢 一 毛 不 拔 ， 點 會 請 飲 茶 ？

kêu⁵ yed¹ mou⁴ bed¹ bed⁶ dim² wui⁵ céng² yem² ca⁴

(4) 即 席 演 講 有 乜 嘢 技 巧 ？

jig¹ jig⁶ yin² gong² yeo⁵ med¹ yé⁵ géi⁶ hao²

(5) 我 哋 約 咗 星 期 一 唔 係 星 期 日 。

ngo⁵ déi⁶ yêg³ zo² xing¹ kéi⁴ yed¹ m⁴ hei⁶ xing¹ kéi⁴ yed⁶

「一」和「七」

　　「一」（yed¹）和「七」（ced¹）是令初學粵語者經常混淆不清的兩個數字，主要因為 y 聲母和 c 聲母同是舌葉音聲母，若不認真把發音掌握，便較難分出異同。

　　c 聲母屬舌葉清塞擦音聲母，發音時舌葉先與上齒齦、硬顎前部接觸做成阻礙，再讓氣流經發音部位隙縫摩擦發聲。y 聲母是濁擦音，以舌葉靠攏齒齦後硬腭部位做成隙縫，氣流振動聲帶便通過隙縫來摩擦發聲。

🥄 以下是 c 聲母和 y 聲母的字例，請通過聆聽和跟讀，比較兩個聲母的不同。

聲母比較：c 聲母與 y 聲母

聲母 韻母及聲調	c	y
a¹	叉	吔
eo¹	秋	優、憂、休
eo⁴	酬、籌、囚	由、油、尤
en¹	親	因、欣、恩

聲母 韻母及聲調	c	y
ed¹	七	一
ig¹	斥、戚	益、億、憶
êg³	卓、桌、噱	約、躍

試跟錄音讀出下列詞語，並把有 c 聲母或 y 聲母的字圈出來。

1. 參觀茶園　　　2. 寸步難移　　　3. 出爾反爾

4. 超前研究　　　5. 隨時簽約　　　6. 笑容親切

「一」和「二」

　　「一」（yed¹）和「二」（yi⁶）是內地人士學粵語時經常混淆的數字，這是因為普通話的「一」唸 yī，與粵語的「二」十分相似。

　　解決方法是牢記粵語「一」和「二」的發音特點：「一」是陰入聲即第一聲的調值，聲調較高，而且收音短促，而「二」是陽去聲即第六聲的調值，聲調較低而平直，前者是普通話沒有的聲調。

第三章
入職篇

第七課 入職手續、待遇及上班安排

　　成功獲得取錄後，求職面試者很快便進入公司。一般來說，上班首日會辦理入職手續和了解自己的職位安排。這時候除了接收資訊，還要提出疑問，即是要懂得「聽」和「問」。

　　本課即以入職待遇、安排、手續辦理為主題，並介紹常用問句的式和有關詞彙。

會話（一）入職手續及待遇

以下會話人物，M 代表 Manager 管理層, S 代表 new staff 新入職職員。

M
ngo⁵ hei⁶ mei⁶ dai³ zo² di¹ men⁴ gin² fan¹ lei⁴
你　係　咪　帶　咗　啲　文　件　返　嚟？
你是不是把文件帶了回來？

> **係咪**：是不是。

S
hei⁶　néi⁵ béi² ngo⁵ gé³ biu² gag³ tin⁴ zo²　ling⁶
係，你　畀　我　嘅　表　格　填　咗。另
是，你給我的表格填好了。另

> **畀**：給。

ngoi⁶　néi¹ dou⁶ hei⁶ ngo⁵ gé³ tei² gim² bou³ gou³
外，呢　度　係　我　嘅　體　檢　報　告、
外，這裏是我的體檢報告、

66

yi⁵ qin⁴ gung¹ xi¹ gé³ gung¹ zog³ jing³ ming⁴ ngen⁴

以 前 公 司 嘅 工 作 證 明 、 銀

上一間公司的工作證明、銀

> 相：相片。

hong⁴ qun⁴ jib³　hêng¹ gong² sen¹ fen⁶ jing³ tung⁴ sam¹ zêng¹ sêng²

　行 存 摺 、 香 港 身 份 證 同 三 張 相。

行存摺、香港身份證和三張相片。

néi⁵ tei² yed¹ tei² heb⁶ yêg³　tei² yeo⁵ mou⁵ men⁶ tei⁴

M 你 睇 一 睇 合 約 ， 睇 有 冇 問 題。

你看一下合約，看看有沒有問題。

xi³ yung⁶ kéi⁴ tung⁴ jing³ xig¹ gung¹ zog³ gé³ doi⁶ yu⁶ yeo⁵med¹ yé⁵

S 試 用 期 同 正 式 工 作 嘅 待 遇 有 乜 嘢

試用期跟正式工作的待遇有甚麼

m⁴ tung⁴

唔 同 ？

分別呢？

ngo⁵ déi⁶ gung¹ xi¹ béi² gao³ jiu³ gu³ yun⁴ gung¹

M 我 哋 公 司 比 較 照 顧 員 工 ，

我們公司比較照顧員工，

cêu⁴ zo² xi³ yung⁶ kéi⁴ tung⁴ jun² zéng³ gé³ yen⁴ gung¹

除 咗 試 用 期 同 轉 正 嘅 人 工

除了試用期和轉正的工資

> 轉正：轉做正式員工。
> 人工：工資。

yed¹ yêng⁶ ji¹ ngoi⁶　zeo⁶ xun³ xi³ yung⁶ kéi⁴ dou¹ yeo⁵

一 樣 之 外 ， 就 算 試 用 期 都 有

樣之外，就算試用期都有

67

yeo⁵ sen¹ béng⁶ ga³ tung⁴ yeo⁵ sen¹ fad³ ding⁶ ga³ kéi⁴
有　薪　病　假　同　有　薪　法　定　假　期。
有薪病假和有薪法定假期。

S　gem² bou² him² hei⁶ m⁴ hei⁶ jig¹ yed⁶ seng¹ hao⁶ ga³
咁　保　險　係　唔　係　即　日　生　效　㗎？
那麼，保險是否即日生效呢？

M　lou⁴ gung¹ bou² him² hei⁶　yi¹ liu⁴ bou² him² zeo⁶ yiu³
勞　工　保　險　係，醫　療　保　險　就　要
勞工保險是的，醫療保險便要

guo³ zo² xi³ yung⁶ kéi⁴ lag³ ling⁶ ngoi⁶ fad³ lei⁶ kuei¹
過　咗　試　用　期　嘞。另　外，法　例　規
過了試用期。另外，法例規

ding⁶ yu⁴ guo² hei² fan¹ gung¹ teo⁴ yed¹ go³ yud⁶ qi⁴
定，如　果　喺　返　工　頭　一　個　月　辭
定，如果在上班首個月辭

jig¹ dei⁶ yi⁶ yed⁶ zeo⁶ m⁴ sei² fan¹　dan⁶ hei⁶ guo³ zo²
職，第　二　日　就　唔　使　返，但　係　過　咗
職，第二天就不用上班，但是過了

yed¹ go³ yud⁶ qi⁴ jig¹ zêu³ xiu² yiu³ ced¹ yed⁶ qin⁴ tung¹ ji¹ m⁴ hei⁶
一　個　月　辭　職，最　少　要　七　日　前　通　知，唔　係
一個月辭職，便要最少七天前通知，否則

zeo⁶ yiu³ béi² ced¹ yed⁶ gé³ doi⁶ tung¹ ji¹ gem¹ lag³
就　要　畀　七　日　嘅　代　通　知　金　嘞。
就要付七天的代通知金了。

yun⁴ loi⁴ hei⁶ gem²   ming⁴ bag⁶ lag³   m⁴ goi¹ sai³

S 原 來 係 咁， 明 白 嘞， 唔 該 晒 !

原來是這樣，明白了，謝謝！

會話（二）上班安排

以下會話人物，S 代表 new staff 新入職職員，H 代表 human resourse 人力資源部職員。

ngo⁵ déi⁶ fan¹ bad³ dim² bun³   fong³ ng⁵ dim² bun³

H 我 哋 返 八 點 半， 放 五 點 半。

我們八時半上班，五時半下班。

sêu¹ yin⁴ dai⁶ tong⁴ yung⁶ jig¹ yun⁴ jing³ cêd¹ yeb⁶

雖 然 大 堂 用 職 員 證 出 入，

雖然大堂進出使用職員證，

wui⁵ yeo⁵ xi⁴ gan³ géi² lug⁶ dan⁶ hei⁶ ngo⁵ déi⁶ bou⁶

會 有 時 間 紀 錄， 但 係 我 哋 部

會有 時間記錄，但是我們部

mun⁴ fan¹ gung¹ fong³ gung¹ hei⁶ yiu³ da² kad¹ gé³

門 返 工 放 工 係 要 打 咭 嘅。

門上班下班是要打卡的。

> **打咭**：即打卡，指記錄考勤。咭是「card」的音譯詞。

mou⁵ men⁶ tei⁴   gem² hêu³ xig⁶ an³ sei² m⁴ sei²

S 冇 問 題， 咁 去 食 晏 使 唔 使

沒問題，那麼外出吃午飯要不要

> **食晏**：吃午飯，又作「食晏晝」。

69

da² né¹

打 呢？

打呢？

m⁴ sei²　yu⁴ guo² fong³ ga³ ji⁶ géi² fan¹ lei⁴ dou¹ m⁴ sei²

H　唔 使，如 果 放 假 自 己 返 嚟 都 唔 使。

不用，如果放假了自己回來也不用。

néi¹ dou⁶ yeo⁵ mou⁵ bou² sêu² ga³

S　呢 度 有 冇 補 水 㗎？　　　　　　補水：加班津貼。

這裏有沒有加班費呢？

yu⁴ guo² hei⁶ néi⁵ ji⁶ géi² di¹ yé⁵ zou⁶ m⁴ sai³ yé⁶

H　如 果 係 你 自 己 啲 嘢 做 唔 晒 夜　　做唔晒：做不完。

如果是你自己那些工作沒完成離開晚

zeo² wag⁶ zé² fong³ ga³ fan¹ lei⁴ zou⁶ zeo⁶ m⁴

　走，或 者 放 假 返 嚟 做 就 唔

了，或者放假回來做便

wui⁵ yeo⁵

　會 有。

沒有。

dan⁶ hei⁶ yu⁴ guo² gung¹ xi¹ yeo⁵ wud⁶ dung⁶ yiu¹ keo⁴ néi⁵ hei² féi¹ gung¹

　但 係 如 果 公 司 有 活 動，要 求 你 喺 非 工

但是如果公司有活動，要求你在非上

zog³ xi⁴ gan³ fan¹ gem² zeo⁶ yeo⁵ ga¹ ban¹ zên¹ tib³

　作 時 間 返，咁 就 有 加 班 津 貼。

班時間回來，這便有加班津貼。

詞彙 7.1 職場用詞

老闆 / 細	lou⁵ ban²/ sei³	打工仔	da² gung¹ zei²
僱主	gu³ yu²	僱員	gu³ yun⁴
上司	sêng⁶ xi¹	下屬	ha⁶ sug⁶
出糧	cêd¹ lêng⁴	薪酬	sen¹ ceo⁴
薪水	sen¹ sêu²	薪金	sen¹ gem¹
人工	yen⁴ gung¹	最低工資	zêu³ dei¹ gung¹ ji¹
佣金	yung² gem¹	提成	tei⁴ xing⁴
強積金	kêng⁵ jig¹ gem¹	供款	gung¹ fun²
勞工法例	lou⁴ gung¹ fad³ lei⁶	職業安全	jig¹ yib⁶ on¹ qun⁴
僱傭條例	gu³ yung⁴ tiu⁴ lei⁶	僱傭合約	gu³ yung⁴ heb⁶ yêg³
福利	fug¹ léi⁶	便服日	bin⁶ fug⁶ yed⁶
在家工作	zoi⁶ ga¹ gung¹ zog³	彈性上班時間	dan⁶ xing³ sêng⁵ ban¹ xi⁴ gan³
試用期	xi³ yung⁶ kéi⁴	全職	qun⁴ jig¹
兼職	gim¹ jig¹	散工	san² gung¹
跳槽	tiu³ cou⁴	晉升機會	zên³ xing¹ géi¹ wui⁶

詞彙 7.2 福利

年假	nin⁴ ga³	病假	bing⁶ ga³
產假	can² ga³	侍產假	xi⁶ can² ga³
勞工保險	lou⁴ gung¹ bou² him¹	醫療保險	yi¹ liu⁴ bou² him¹
年終酬金	nin⁴ zung¹ ceo⁴ gem¹	雙糧	sêng¹ lêng⁴
超額獎金	qiu¹ ngag² zêng² gem¹	勤工獎	ken⁴ gung¹ zêng²
醫療津貼	yi¹ liu⁴ zên¹ tib³	房屋津貼	fong⁴ ug¹ zên¹ tib³

交通津貼	gao¹ tung¹ zên¹ tib³	膳食資助	xin⁶ xig⁶ ji¹ zo⁶
進修資助	zên³ seo¹ ji¹ zo⁶	在職培訓	zoi⁶ jig¹ pui⁴ fen³
員工宿舍	yun⁴ gung¹ sug¹ sé³	購物優惠	keo³ med⁶ yeo¹ wei⁶

短句練習

✍ 試從詞彙表 7.1 和 7.2 中，找出合適用語（可多於一項）完成下列短句，並以粵語讀出。

ngo⁵ yeo⁵ seb⁶ séi³ yed⁶ nin⁴ ga³ tung⁴

1. 我　有　十　四　日　年　假　同　_____。

　　我有 14 天年假和_____。

ngo⁵ déi⁶ gung¹ xi¹ hei² mui⁵ go³ yud⁶ gé³ yi⁶ hou⁶

2. 我　哋　公　司　喺　每　個　月　嘅　二　號

　　我們公司在每個月的二號_____。

_____。

ngo⁵ déi⁶ gung¹ xi¹ yeo⁵ yi¹ liu⁴ zên¹ tib³ dan⁶ hei⁶

3. 我　哋　公　司　有　醫　療　津　貼，但　係

　　我們公司有醫療津貼，但是沒有_____。

mou⁵

　　有　_____。

ngo⁵ déi⁶ gung¹ xi¹ mou⁵　　　　　dan⁶ hei⁶ yeo⁵

4. 我　哋　公　司　有　_____，但　係　有

　　我們公司沒有_____，但是有房屋津貼。

fong⁴ ug¹ zên¹ tib³

　　房　屋　津　貼。

kêu⁵ déi⁶ yung² gem¹ gou¹ dan⁶ hei⁶　　　　　dei¹

5.　佢　哋　佣　金　高　，但　係　＿＿＿＿＿＿　低　。　　他們佣金高，但是＿＿＿＿＿＿低。

ying¹ goi¹ dêu³　　　　yeo⁵ lei⁵ mao⁶

6.　＿＿＿＿＿＿　應　該　對　＿＿＿＿＿　有　禮　貌　。　　＿＿＿＿＿應該對＿＿＿＿＿有禮貌。

gé³ ji¹ zo⁶ sêng⁶ han⁶ hei⁶ sam¹ qin¹ men¹

7.　＿＿＿＿＿＿嘅　資　助　上　限　係　三　千　文　。　＿＿＿＿＿的資助上限是三千元。

ngo⁵ hei² néi¹ dou⁶ zou⁶　　　　m⁴ hei⁶ qun⁴ jig¹

8.　我　喺　呢　度　做　＿＿＿＿＿＿，唔　係　全　職　　我在這裏做＿＿＿＿＿，不是全職僱員。

gu³ yun⁴

　　僱　員　。

實用句子練習

常用疑問詞及句式

　　粵語的提問句主要由疑問詞帶動意思，現列舉常用的疑問詞，通過用意與例句展示句式運用如下：

1.　點解 dim² gai² / 為甚麼
　　作用：　取得原因或理由。

dim² gai² sêng² leo⁴ hei² hêng¹ gong²

例句：（1）點　解　想　留　喺　香　港　　為甚麼想留在香港工作？

zou⁶ yé⁵

　　　　做　嘢　？

73

dim² gai² sêng⁶ go³ yud⁶ gé³ xiu¹ lêng⁶
（2）點　解　上　個　月　嘅　銷　量

為甚麼上個月的銷量特別高？

deg⁶ bid⁶ gou¹
特　別　高？

dim² gai² gung¹ xi¹ mou⁵ bou² sêu² gé³
（3）點　解　公　司　冇　補　水　嘅？

為甚麼公司沒有加班費？

2. 點 dim²、點樣 dim² yêng² / 怎麼、怎樣
作用：　取得方法或知悉經過。

yung² gem¹ hei⁶ dim² gei³ gé³ né¹
例句：（1）佣　金　係　點　計　嘅　呢？

佣金是怎麼算的呢？

zeo² wui² yiu³ dim² yêng² on¹ pai⁴ né¹
（2）酒　會　要　點　樣　安　排　呢？

酒會要怎樣安排呢？

néi⁵ dim² yêng² lo² dou² néi¹ di¹ zan³ zo⁶
（3）你　點　樣　攞　到　呢　啲　贊　助？

你怎樣取得這些贊助？

3. 乜 med¹、乜嘢 med¹ yé⁵、咩 mé¹ / 甚麼、哪些
作用：　探取消息、資料。

néi⁵ dêu³ ngo⁵ déi⁶ gung¹ xi¹ yeo⁵ med¹
例句：（1）你　對　我　哋　公　司　有　乜

你對我們公司有甚麼認識？

ying⁶ xig¹
認　識？

néi¹ zou⁶ guo³ med¹ yé⁵ hong⁶ mug⁶
（2）你　做　過　乜　嘢　項　目？

你做過哪些項目？

néi⁵ dêu³ néi¹ go³ bou³ gou³ yeo⁵ mé¹

（3） 你　對　呢　個　報　告　有　咩　　　　你對這個報告有甚麼意見？

yi³ gin³

意　見　？

4. 邊度 bin¹ dou⁶、邊位 bin¹ wei²、邊年 bin¹ nin⁴ / 哪裏、誰、哪一年
作用： 尋求地點、人物、時間等資料。

néi⁵ teo⁴ xin¹ hêu³ bin¹ dou⁶ xig⁶ fan⁶

例句：（1） 你　頭　先　去　邊　度　食　飯　？　　你剛才去哪兒吃飯？

néi¹ wen² bin¹ wei²

（2） 你　搵　邊　位　？　　　　　　　　你找誰？

jing³ gin² bin¹ nin⁴ dou³ kéi⁴

（3） 證　件　邊　年　到　期　？　　　　證件哪一年到期？

5. 幾 géi²、幾多 géi² do¹、幾時 géi² xi⁴ / 多少、甚麼時候
作用： 尋求數量、人物、時間等資料。

néi⁵ lei⁴ zo² hêng¹ gong² géi² noi⁶

例句：（1） 你　嚟　咗　香　港　幾　耐　？　　你來香港多久了？

néi⁵ yen⁴ gung¹ yiu¹ keo⁴ géi² do¹

（2） 你　人　工　要　求　幾　多　？　　　你工資要求多少？

néi¹ géi² xi⁴ ho² yi⁵ fan¹ gung¹

（3） 你　幾　時　可　以　返　工　？　　　你甚麼時候可以上班？

6. 有冇 yeo⁵ mou⁵、使唔使 sei² m⁴ sei²、得唔得 deg¹ m⁴ deg¹ / 有沒有、要不要、行不行

作用：　尋求一個肯定或否定的答案。

néi⁵ yeo⁵ mou⁵ ga³ sei² zeb¹ jiu³

例句：（1）你　有　冇　駕　駛　執　照？　　　你有沒有駕駛執照？

néi⁵ sei² m⁴ sei² sen¹ qing² sug¹ sé³

（2）你　使　唔　使　申　請　宿　舍？　　　你要不要申請宿舍？

néi¹ gin⁶ zung¹ ma⁵ zei³ fug⁶ deg¹ m⁴ deg¹

（3）呢　件　中　碼　制　服　得　唔　得？　　　這件中碼制服行不行？

7. 定 ding⁶、定係 ding⁶ hei⁶、還是 wan⁴ xi⁶ / 還是

作用：　尋求一個選擇的答案。

néi⁵ ting¹ yed⁶ ding⁶ heo⁶ yed⁶ fong³ ga³

例句：（1）你　聽　日　定　後　日　放　假？　　　你明天還是後天放假？

néi⁵ ding⁶ kêu⁵ hêu³ tung¹ ji¹ bou² on¹

（2）你　定　佢　去　通　知　保　安？　　　你還是他去通知保安？

néi¹ gei³ zug⁶ hoi¹ gung¹ wan⁴ xi⁶ cêd¹

（3）你　繼　續　開　工　還　是　出　　　你繼續幹還是去吃飯？

hêu³ xig⁶ fan⁶

去　食　飯？

✎ 請用粵語説出下列各個問句。

1. 為甚麼體檢報告還沒有送過來？

2. 你有沒有寫上「緊急聯絡人」的資料？

3. 證件要用電子還是實體的相片？

4. 你是哪一年入職的？

5. 你做銷售多少年了？

6. 你是甚麼時候聽到消息的？

7. 哪一位想找陳經理？

8. 你怎麼看這一宗新聞？

9. 快遞的地址送去哪裏？

10. 領取禮品的分店有哪幾家？

11. 要不要等他回來才開會？

12. 他們達成了甚麼協議？

13. 公司發薪水是每個月的哪一天？

14. 哪一個部門來了新人？

15. 把新聞稿提早兩天發放，可以嗎？

語音練習

粵語的合音連讀

漢語中合音連讀的情況由來已久，像「放諸四海皆準」的「諸」便是「之於」的合音字。

「係咪」

在提問句中經常說的「係唔係？」我們常把「唔係」說成「咪」：

| 係唔係 | hei⁶ m⁴ hei⁶ |
| 係咪 | hei⁶ mei⁶ |

從拼音可見，「咪 mei⁶」便是一個將「唔係」兩字的「m」和「ei⁶」聲、韻、調組合而成的合音。

「咩」

另一個常用的疑問詞「乜嘢」，我們經常會說成「咩」：

乜嘢	med¹ yé⁵
咩	mé¹

「咩 mei⁶」便是把「乜嘢」兩字的「m」和「é」聲韻組合而成的合音。

「因間」

「因間」就是我們經常會說到的「一陣間」的合音連讀：

一陣間	yed¹ zen⁶ gan¹
因間	yen¹ gan¹

「因 yen¹」便是把「一陣」兩字的「y」和「en」聲韻組合而成的合音。

數目字

「十」(seb⁶) 這個數目字在「十九」之後，如後面連接量詞或數字，便可以變讀為「呀」(a⁶)，例如「二十個」可說成「廿 (ya⁶) 個」，「廿」便是「二」和「十」的合音。同樣，「二十一」可說成「廿一」(ya⁶ yed¹)，「三十一」可說成「卅一」(sa¹ a⁶ yed¹)，「四十一」可說成「四呀一」(séi³ a⁶ yed¹)，其他數目字到九十九都如此類推，可在第一個數目字後加上「呀」(a⁶) 作為與「十」的合音連讀。

🖊 請用粵語及運用合音連讀的方法說出下列各個句子。

1. 合約上有甚麼條款？

2. 我沒聽到他說甚麼。

3. 你是否認識公司的董事？

4. 他是否從總公司調派過來？

5. 我們一會兒吃甚麼？

6. 一會兒劉先生到來，馬上通知我。

7.　這一團共有三十二人。

8.　這輛車裝了七十八箱礦泉水。

9.　報上名的，是九十還是九十一個職員？

10.　在一百三十五人之中，有十一人請了病假，兩人無故缺席。

第八課 認識新同事及公司各部門

認識新同事的時候，第一次交談是建立良好同事關係的基礎。本課以此主題模擬對話，帶出職場稱呼用語，以及介紹公司不同的部門和職位。

會話（一）認識新同事

以下會話人物，B 代表 Bella，H 代表 Human Resourse 人力資源部職員。

H　néi¹ wei² hei⁶ sen¹ tung⁴ xi⁶ lug⁶ sen⁴ héi¹ xiu² zé²
　　呢　位　係　新　同　事　陸　晨　曦　小　姐，
　　這位是新同事陸晨曦小姐，

　　hei⁶ lei⁴ ngo⁵ déi⁶ yen⁴ lig⁶ ji¹ yun⁴ bou⁶ jib³ Kelvin
　　係　嚟　我　哋　人　力　資　源　部　接 Kelvin
　　是到我們人力資源部接替 Kelvin

　　go³ wei² gé³ heng⁴ jing³ ju² yem⁶
　　個　位　嘅　行　政　主　任　。
　　位置的行政主任。

個：指這個或那個。

B　dai⁶ ga¹ hou² ngo⁵ hei⁶ lug⁶ sen⁴ héi¹ lug⁶ déi⁶ gé³ lug⁶ zou² sen⁴
　　大　家　好，我　係　陸　晨　曦，陸　地　嘅　陸，早　晨
　　大家好，我是陸晨曦，陸地的陸，早晨

gé³ sen⁴ héi¹　ying¹ men⁴ méng² hei⁶ Bella

嘅　晨　曦，英　文　名　係 Bella。

的晨曦，英文名是 Bella。

néi⁵ zung¹ yi³ ngo⁵ déi⁶ giu³ néi⁵ sen⁴ héi¹ ding⁶ hei⁶

H　你　鍾　意　我　哋　叫　你　晨　曦　定　係　　定係：還是。

你喜歡我們叫你晨曦還是

Bella

Bella？

Bella？

mou⁵ so² wei⁶　cêu⁴ bin² deg¹ ga³ lag³

B　冇　所　謂，隨　便　得　㗎　嘞。　　得㗎嘞：「㗎嘞」是語助詞，
強調「得」，即「行了」「夠
無所謂，隨便就好了。　　　　　　　　好了」。

néi¹ dou⁶ hei⁶ jig¹ hao⁶ gun² léi⁵ zou² ngo⁵ tung⁴

H　呢　度　係　績　效　管　理　組，我　同

這裏是績效管理組，我和

néi⁵ yi¹ ga¹ hang⁴ guo³ gag³ léi⁴ yen⁴ xi⁶ gun² léi⁵

你　依　家　行　過　隔　離　人　事　管　理　　行：走
隔離：旁邊。
你現在走去旁邊的人事管理

zou² yed¹ zen⁶ log⁶ yed¹ ceng⁴ hêu³ mai⁴ pui⁴ fen³

組，一　陣　落　一　層　去　埋　培　訓　　一陣：一會兒。
埋：用在動詞後面，表示動
組，一會兒下一層再去培訓　　　　　　作擴充的範圍。

zou² go² dou⁶ yeo⁵ fo³ sed¹ tung⁴ wui⁶ yi⁵ sed¹

組，嗰　度　有　課　室　同　會　議　室。

組，那裏有課室和會議室。

hou² m⁴ goi¹ sai³

B　好，唔該晒！

好的，謝謝！

會話（二）認識各個部門

以下會話人物，A 代表某部門主管，J 代表 Judy，K 代表 Andy Kee。

ngam¹ lag³　gem³ do¹ bou⁶ mun⁴ ju² gun² dou¹ hei²

A　啱嘞，咁多部門主管都喺

真巧，這麼多部門主管都在這

> **啱嘞**：「啱」是湊巧，連接語助詞「嘞」一起，通常用以提出建議：既然湊巧，便如此這般。

dou⁶ deng² ngo⁵ lei⁴ tung⁴ dai⁶ ga¹ gai³ xiu⁶ néi¹

度，等我嚟同大家介紹，呢

裏，讓我來跟大家介紹，這

> **等我嚟**：讓我來。

wei² hei⁶ zung² coi⁴ zo⁶ léi⁵ god³ xiu² zé² Judy

位係總裁助理葛小姐 Judy。

位是總裁助理葛小姐 Judy。

ngo⁵ hei⁶ Judy　céng² dai⁶ ga¹ do¹ do¹ ji² gao³

J　我係 Judy，請大家多多指教！

我是 Judy，請大家多多指教！

néi¹ wei² hei⁶ coi⁴ mou⁶ bou⁶ zung² gam¹ Raymond Ho

A　呢位係財務部總監 Raymond Ho。

這位是財務部總監 Raymond Ho。

ho⁴ sang¹　néi⁵ hou²

J　何生，你好！

何先生，你好！

néi¹ wei² hei⁶ xiu¹ seo⁶ bou⁶ fu³ zung² kuong³ sang¹

A　呢　位　係　銷　售　部　副　總　廊　生　。

這位是銷售部副總廊先生。

kuong³ sang¹　　néi⁵ hou²

J　　廊　生　，　你　好　！

廊先生，你好！

néi¹ wei² hei⁶ xid³ tai³　kéi⁵ yib⁶ qun⁴ sên³ bou⁶ zung² gam¹

A　呢　位　係　薛　太　，　企　業　傳　訊　部　總　監　。

這位是薛太太，企業傳訊部總監。

xid³ tai³　　néi⁵ hou²

J　　薛　太　，　你　好　！

薛太太，你好！

néi¹ wei² hei⁶Andy Kee　ji¹ sên³ fo¹ géi⁶ bou⁶ fu³ zung² gam¹

A　呢　位　係Andy Kee，資　訊　科　技　部　副　總　監　。

這位是Andy Kee，資訊科技部副總監。

Kee hei⁶

J　Kee　係　？

Kee 是？

Kee hei⁶ géi²　　ngo⁵ hei⁶ sen¹ ga¹ bo¹ guo³ lei⁴ gé³

K　Kee　係「紀」，我　係　新　加　坡　過　嚟　嘅。

Kee 是「紀」，我是從新加坡過來的。

gei² sang¹　　néi⁵ hou²

J　紀　生　，　你　好　！

紀先生，你好！

$$\text{fun}^1 \text{ ying}^4 \text{ néi}^5 \text{ ga}^1 \text{ yeb}^6 \text{ ngo}^5 \text{ déi}^6 \text{ gung}^1 \text{ xi}^1$$

K 歡　迎　你　加　入　我　哋　公　司！

歡迎你加入我們公司！

詞彙 8.1 公司部門

財務審計部	coi^4 mou^6 sem^2 gei^3 bou^6	會計部	wui^6 gei^3 bou^6
人力資源部	yen^4 lig^6 ji^1 yun^4 bou^6	人事部	yen^4 xi^6 bou^6
企業傳訊部	kéi^5 yib^6 qun^4 sên^3 bou^6	公關部	gung^1 guan^1 bou^6
生產管理部	seng^1 can^2 gun^2 léi^5 bou^6	工程部	gung^1 cing^4 bou^6
技術維修部	géi^6 sêd^6 wei^4 seo^1 bou^6	倉庫部	cong^1 fu^3 bou^6
安全監察部	on^1 qun^4 gam^1 cad^3 bou^6	客戶服務部	hag^3 wu^6 fug^6 mou^6 bou^6
採購及物流部	coi^2 keo^3 keb^6 med^6 leo^4 bou^6	市場營銷部	xi^5 cêng^4 ying^4 xiu^1 bou^6
數據分析部	sou^3 gêu^4 fen^1 xig^1 bou^6	資訊科技部	ji^1 sên^3 fo^1 géi^6 bou^6
行政部	heng^4 jing^3 bou^6	董事長辦公室	dung^2 xi^6 zêng^2 ban^6 gung^1 sed^1

詞彙 8.2 職位

董事長	dung^2 xi^6 zêng^2	總裁	zung^2 coi^4	總監	zung^2 gam^1
總經理	zung^2 ging^1 léi^5	副經理	fu^3 ging^1 léi^5	主任	ju^2 yem^6
工程師	gung^1 qing^4 xi^1	顧問	gu^3 men^6	秘書	béi^3 xu^1
設計師	qid^3 gei^3 xi^1	廠長	cong^2 zêng^2	組長	zou^2 zêng^2
區域經理	kêu^1 wig^6 ging^1 léi^5	保安人員	bou^2 on^1 yen^4 yun^4	技術人員	géi^6 sêd^6 yen^4 yun^4
分店主管	fen^1 dim^3 ju^2 gun^2	文員	men^4 yun^4	清潔工人	qing^1 gid^3 gung^1 yen^4

短句練習

試從詞彙表 8.1 和 8.2 中或因應你個人的情況，找出合適用語（可多於一項）完成下列短句，並以粵語讀出。

m⁴ goi¹ jib³　　　　bou⁶ mog⁶ ging¹ léi⁵ gé³ din⁶ wa²

1. 唔　該　接 _____ 部　莫　經　理　嘅　電　話。

麻煩接去_____部莫經理的電話。

ngo⁵ hei⁶ yêg³ zo²　　　　bou⁶ léi⁵ tai³ lei⁴ min⁶ xi³ gé³

2. 我　係　約　咗 _____ 部　李　太　嚟　面　試　嘅。

我是約了_____部李太來面試的。

B gung¹ xi¹ go³ léi⁵ zung² yi⁵ qin⁴ hei⁶ ngo⁵ déi⁶ ying⁴

3. B　公　司　個　李　總，以　前　係　我　哋　營

B公司那位李總，以前是我們營運部的_____。

wen⁶ bou⁶ gé³

運　部　嘅 _____。

ngo⁵ hei⁶　　　　bou⁶ gé³

4. 我　係 _____ 部　嘅 _____。

我是_____部的_____。

ngo⁵ yêg³ zo²　　　　gé³

5. 我　約　咗 _____ 嘅 _____。

我約了_____部的_____。

bou⁶ gé³ ho⁴ xiu² zé² teo⁴ xin¹ wen² néi⁵

6. _____ 部　嘅　何　小　姐　頭　先　搵　你。

_____的何小姐剛才找你。

néi⁵ ting¹ yed⁶ hêü³ zung² hong⁴ gin³ yed¹ gin³ ngo⁵ déi⁶

7. 你　聽　日　去　總　行　見　一　見　我　哋

你明天去總行見見我們_____。

_____。

cong¹ fu³ bou⁶ yiu³ cêd¹ guong² gou³　céng² lêng⁵ go³

8.　倉　庫　部　要　出　廣　告，請　兩　個

倉庫部要出廣告，請兩個_____。

_____。

téng¹ gong²　　　bou⁶ gé³ ho⁴ dad⁶ wa⁴ wui⁵

9.　聽　講 _____ 部　嘅　何　達　華，會

聽說_____部的何達華，會調到這裏來做_____。

diu⁶ lei⁴ ni¹ dou⁶ zou⁶

調　嘅　呢　度　做 _____。

ngo⁵ hei⁶　　　bou⁶ sen¹ lei⁴ gé³

10.　我　係 _____ 部　新　嚟　嘅 _____，

我是_____部新來的_____，我叫_____，請大家多多指教。

ngo⁵ giu³　　　céng² dai⁶ ga¹ do¹ do¹ ji² gao³

我　叫 _____，請　大　家　多　多　指　教。

香港地粵語

職場稱呼

「陳大文」「李小琪」……香港人這樣用姓名來稱呼人是很常見的，不過，通常是對兄弟姊妹或從小認識、比較稔熟的朋友才會如此。職場上，大部分香港人都用英文名字，如果沒有英文名便用英文譯名的第一個字母作為名字簡稱，例如陳大文，英文譯名是 Chan Tai Man，他的簡稱就是 T.M.；又如李小琪，英文譯名是 Lee Siu Kei，她的簡稱就是 S.K.。職場上以英文字母簡稱作英文名來用的，十分常見。

把姓氏冠上職稱如黃總監、張經理，這樣的稱呼也常見，但由於予人職位上的距離感，很多主管寧用英文名，或用簡單的尊稱。

　　簡單的尊稱就是像陳先生、陳太太、李小姐這一類的稱呼，而粵語習慣把連接姓氏的「先生」簡化為「生」；把連接姓氏的「太太」簡化為「太」，所以粵語稱「陳生」而非「陳先生」、稱「陳太」而非「陳太太」。要注意的是，「小姐」並沒有簡化，如果把「李小姐」簡稱「李姐」，這位李小姐必然生氣，因為香港人通常對年紀較大的女性才稱「姐」(無論唸 zé² 或 zé¹)。

　　至於在姓氏前加上「老」或「小」的稱呼，香港並不流行。

語音練習

入聲聲調

　　入聲字是普通話所沒有的聲調，對內地學習粵語人士來說，掌握入聲發音是學習上的一大難點。入聲分陰入、中入、陽入，因調值分別與第一聲的陰平聲、第三聲的陰去聲與第六聲的陽去聲相同，故陰入、中入、陽入聲分別又稱第一、三、六聲。

陰入第一聲

　　陰入聲與陰平聲同屬高平調，不同之處，是陰入聲屬於收音短促的促聲調。以下是課文的字例，請聆聽音檔，注意字例的發音。

| 得 deg¹ | 績 dig¹ | 析 xig¹ | 出 cêd¹ | 一 yed¹ | 室 sed¹ |

　　試讀出下列詞語，並把屬於陰入第一聲的字圈出來。

　　1. 出色　　　2. 區域　　　3. 房屋

　　4. 得益　　　5. 積極　　　6. 會議室

中入第三聲

中入聲與陰去聲的調值都是中平調，不同之處，是中入聲屬於收音短促的促聲調。

🥄 以下是課文的字例，請聆聽音檔，注意字例的發音。

潔 gid³	設 qid³	薛 xid³	接 jib³
隔 gag³	蔑 god³	客 hag³	約 yêg³

🥄 試讀出下列詞語，並把屬於中入第三聲的字圈出來。

1. 接 力
2. 清 潔
3. 會 客 室
4. 發 達
5. 合 約
6. 隔 音 設 備

陽入第六聲

陽入聲與陽去聲的調值都是次低平調，不同之處，是陽入聲屬於收音短促的促聲調。以下是課文的字例，請聆聽音檔，注意字例的發音。

力 lig⁶	域 wig⁶	入 yeb⁶	及 keb⁶
服 fug⁶	陸 lug⁶	落 log⁶	莫 mog⁶
達 dad⁶	術 sêd⁶	業 yib⁶	物 med⁶

🥄 試讀出下列詞語，並把屬於陽入第六聲的字圈出來。

1. 樹 木
2. 落 葉
3. 技 術
4. 食 物
5. 出 入
6. 客 戶 服 務

第九課　請假、加班及報銷申請

進入新公司，除了了解工作安排，掌握公事上的程序也十分重要，例如請假和報銷，便是上班人士最為關心的申請。

本課以申請手續為主題，並通過會話中對於一些程序的講述，帶出香港職場粵語常用的英語字詞。香港人說粵語常常混雜英語，這種情況在職場上尤為普遍。

會話（一）請假及加班申請

以下會話人物，H 代表 human resources 人力資源部同事，S 代表 new staff 新入職同事。

H　sêng⁵ gung¹ xi¹ gé³ intranet néi¹ gem⁶ néi¹ dou⁶
　　上　公　司　嘅 intranet，你　搵　呢　度　　搵：按。
　　上公司的內聯網，你按這裏

　　yeb³ hêu³ zeo⁶ hei⁶ go³ yen⁴ ji¹ liu² lag³
　　入　去，就　係「個　人　資　料」嘞。
　　進去，便是「個人資料」了。

S　yi² ho² yi⁵ ji⁶ géi² update go³ wo³
　　咦，可　以　自　己 update 嗰　喎。
　　咦，可以自己更新呢。

H　hei⁶ a³　leo⁴ yi¹ yeo⁵ di¹ seo¹ goi² yiu³ gao¹ fan¹
　　係 呀， 留 意 有 啲 修 改 要 交 返
　　是的，注意有些修改要交

返：回來，但通常用在動詞後面作為對動作的強調。

jing³ ming⁴ deng² yen⁴ lig⁶ ji¹ yun⁴ go² bin¹ approve
證 明， 等 人 力 資 源 嗰 邊 approve。
證明，讓人力資源那邊審批。

嗰邊：那邊。

S　céng² ga³　hei⁶ mei⁶ zeo⁶ hei⁶ gem⁶　yeo¹ ga³ sen¹ qing²　néi¹ dou⁶
　　請 假， 係 咪 就 係 撳 「 休 假 申 請 」 呢 度？
　　請假，是否就按「休假申請」這裏？

H　hei⁶　gem⁶ néi¹ dou⁶ wui⁵ tei² dou³ xun² hong⁶　tei²
　　係， 撳 呢 度 會 睇 到 選 項， 睇
　　是，按這裏會看到選項，看

撳：選。

ha⁶ gan² béng⁶ ga³　dai⁶ ga³　ding⁶ hei⁶ med¹ yé⁵ ga³
下 揀 病 假、 大 假， 定 係 乜 嘢 假。
看選病假、大假，還是甚麼假。

S　yun⁴ loi⁴　ga¹ ban¹ sen¹ qing²　dou¹ hei² mai⁴ néi¹ dou⁶ zou⁶
　　原 來 「 加 班 申 請 」 都 喺 埋 呢 度 做。
　　原來「加班申請」也在這裏辦。

H　hei⁶　bed¹ guo³ néi⁵ yêng⁶ hei⁶ néi⁵ a³ head wa⁶
　　係， 不 過 呢 樣 由 你 阿 head 話
　　是，不過這事由你上司決定，

話事：決定。

xi⁶　gong² hou² zo² ji³ hei² dou⁶ tin⁴ form
事， 講 好 咗 至 喺 度 填 form。
說好了才在這裏填表格。

詞彙 9.1 假期及值班費用申請

法定假日	fad³ ding⁶ ga³ yed⁶	有薪年假	yeo³ sen¹ nin⁴ ga³
產假	can² ga³	侍產假	xi⁶ can² ga³
病假	béng⁶ ga³	補假	bou² ga³
加班費	ga¹ ban¹ fei³	補水 / 錢	bou² sêu² / qin²
輪班津貼	lên⁴ ban¹ zên¹ tib³	颱風當值津貼	toi⁴ fung¹ dong¹ jig⁶ zên¹ tib³
超時工作	sen¹ xi⁴ gung¹ zog³	時 / 日數	xi⁴ / yed⁶ sou³

短句及配詞練習

🥄 試從 9.1 詞彙表，找出合適用語（可多於一項），或從題目括號中選出合適的詞語，把句子完成，並以粵語讀出。

néi⁵ yeo⁵ séi³ do¹ yed⁶

1. 你 有 幾 多 日 _____？　　　　你有多少天_____？

hei⁶ dim² gei³ ga³

2. _____ 係 點 計 㗎？　　　　_____是怎樣計算的？

méi⁶ gid³ fen¹ ho² m⁴ ho² yi⁵ yeo⁵

3. 未 結 婚 可 唔 可 以 有 _____？　　　　沒結婚可不可以有_____？

qiu¹ xi⁴ gung¹ zog³ m⁴ yed¹ ding⁶ yeo⁵

4. 超 時 工 作 唔 一 定 有 _____。　　　　超時工作不一定有_____。

fai³ di¹ la¹ ngo⁵　　　lib¹ deng² gen² néi⁵

5. 快 啲 啦！我 _____ 魫 等 緊 你。

gem⁶ wan² lo²

（ 撳 / 玩 / 攞 ）

lei⁵ med⁶ yeo⁴ ceo¹ zêng² sung³ cêd¹ hei⁶ mou⁵ deg¹　　gé³

6.　禮　物　由　抽　獎　送　出，係　冇　得　_____嘅。

xun² gan² tan⁴
（選 / 揀 / 彈）

néi¹ dou⁶ bin¹ go³

7.　呢　度　邊　個　_____？

gong² yé⁵ wa⁶ xi⁶ ban⁶ xi⁶
（講　嘢 / 話　事 / 辦　事）

kêu⁵ wen² guo³ néi⁵　néi⁵ fai³ di¹ da²　　din⁶ wa² béi² kêu⁵

8.　佢　搵　過　你，你　快　啲　打　_____電　話　畀　佢。

guo³ lan⁶ fan¹
（過 / 爛 / 返）

會話（二）報銷申請

以下會話人物，H 代表 human resources 人力資源部同事，S 代表 new staff
新入職同事。

gem² claim gao¹ tung¹ fei³　fan⁶ qin² yeo⁶ hei⁶ mei⁶
S　咁　claim　交　通　費、　飯　錢　又　係　咪
　　那麼報銷交通貴、飯錢又是否

hei² intranet zou⁶ né¹
　　喺　intranet　做　呢？
　　在內聯網辦呢？

H　gem² zeo⁶ m⁴ hei⁶　tung⁴ qin² yeo⁵ guan¹ gé³ yiu³
　　咁　就　唔　係，　同　錢　有　關　嘅　要
　　這就不是，跟錢有關的要

　hêu³ coi⁴ mou⁶ bou⁶　lo² cei⁴ di¹ dan¹ guo³ hêu³ tin⁴
　去　財　務　部，攞　齊　啲　單　過　去　填　　**攞齊**：拿齊、帶備。
　去財務部，帶同所有收據過去填

form
form。
表格。

S　di¹ dan¹ hei⁶ mei⁶ yiu³ jing³ bun² ga³
　　啲　單　係　咪　要　正　本　㗎？
　　這些收據是否要正本呢？

H　geng² hei⁶　bed¹ guo³ dou¹ yiu³ yeo⁵ copy gé² néi¹
　　梗　係，　不　過　都　要　有　copy 嘅，　呢　　**梗係**：當然是。
　　當然是，不過也要有副本的，這

　di¹ néi⁵ hêu³ dou³ coi⁴ mou⁶ bou⁶ kêü⁵ déi⁶ wui⁵ gao³
　啲　你　去　到　財　務　部，佢　哋　會　教　　**佢哋**：他們。
　些（事）你去到財務部，他們會教

　néi⁵ ga³ lag³
　你　㗎　嘞。
　你的了。

S　hou² zen¹ hei⁶ m⁴ goi¹ sai³
　　好，　真　係　唔　該　晒！
　　好，真的十分感謝。

詞彙 9.2 報銷申請

賬單	zêng³ dan¹	收據	seo¹ gêu³	發票	fad³ piu³
出差	cêd¹ cai¹	支出	ji¹ cêd¹	開支	hoi¹ ji¹
公數	gung¹ sou³	卡數	kad¹ sou³	簽卡	qim¹ kad¹
限額	han⁶ ngag²	金額	gem¹ ngag²	保密	bou² med⁶
審核	sem² hed⁶	蓋章	koi³ zêng¹	打印	da² yen³
簽名	qim¹ méng²	支票	ji¹ piu³	現金	yin⁶ gem¹

短句及配詞練習

🖋 試從 9.2 詞彙表，找出合適用語（可多於一項），或從題目括號中選出合適的詞語，把句子完成，並以粵語讀出。

1.
zeo⁶ xun³ péng⁴ guo³ pou² tung¹ géi¹ wei² sêng¹ mou⁶
就　算　平　過　普　通　機　位　商　務

cong¹ hei⁶ cêd¹ m⁴ dou²　　　gé³
艙　係　出　唔　到 ＿＿＿＿＿＿ 嘅。

即使比普通機位便宜，商務艙是不可以出＿＿＿＿＿的。

2.
néi¹ géi² zêng¹ dan¹ leo⁶ zo²
呢　幾　張　單　漏　咗 ＿＿＿＿＿＿。

這幾張單據漏了＿＿＿＿＿＿。

3.
gung¹ sou³ mou⁵ sêng⁶ han⁶ dan⁶ hei⁶ géi² do¹ qin²
公　數　冇　上　限，但　係　幾　多　錢

do¹ yiu³ yeo⁵ néi⁵ a³ head gé³
都　要　有　你　阿 head 嘅 ＿＿＿＿＿＿。

公費沒有上限，但是多少錢也得有你上司的＿＿＿＿＿＿。

95

4. 可以預支出差費，但 ＿＿＿＿＿ 係
ho^2 yi^5 yu^6 ji^1 $cêd^1$ ca^1 fei^3 dan^6　　　　hei^6

可以預支出差費，但
＿＿＿＿＿是兩萬元。

兩　萬　文　。
$lêng^5$　man^6　men^1

5. 你 ＿＿＿＿＿ 啲　文　件　過　嚟　開　會　。
$néi^5$　　　　di^1 men^4 gin^2 guo^3 lei^4 hoi^1 wui^2

（攞　齊／執　拾／攞　好）
lo^2 cei^4 zeb^1 seb^6 lo^2 hou^2

6. 借　錢　＿＿＿＿＿ 要　還　。
$zé^3$ qin^2　　　　yiu^3 wan^4

（睇　下／唔　係／梗　係）
tei^2 ha^5 m^4 hei^6 $geng^2$ hei^6

7. 我　啲　業　績　咁　差，＿＿＿＿＿攞　傑　出　員　工　獎。
ngo^5 di^1 yib^6 jig^1 gem^3 ca^1　　　　lo^2 gid^6 $cêd^1$ yun^4 $gung^1$ $zêng^2$

（梗　係／可　能／有　可　能）
$geng^2$ hei^6 ho^2 $neng^4$ mou^5 ho^2 $neng^4$

8. 阿 John 係　佢　哋　＿＿＿＿＿嘅　大　熱　門　。
a^3 John hei^6 $kêu^5$ $déi^6$　　　　$gé^3$ dai^6 yid^6 mun^4

（呢　邊／嗰　邊／邊　邊）
$néi^1$ bin^1 go^2 bin^1 bin^1 bin^1

香港地粵語

香港粵語的英語化現象

香港粵語深受英語的影響，主要表現於兩個方面：

（一）採用從英語而來的音譯外來詞 —— 香港粵語有大量從英語音譯而來的詞語，像「巴士」「的士」「波士」「貼士」「梳化」「士多啤梨」等，都是通過音譯，吸納英語詞彙，將之成為粵語的用詞。

再看下面的例子，詞語下加橫線的部分就是來自括號內的英語。

dab^3 lib^1 搭 <u>軩</u> （ lift ）	sêd^1 sam^1 <u>恤</u> 衫 （ shirt ）
mai^5 féi^1 買 <u>飛</u> （ fare ）	bé^1 zeo^2 <u>啤</u> 酒 （ beer ）
tei^2 sou^1 睇 <u>騷</u> （ show ）	wén^1 zei^2 <u>軩</u> 仔 （ van ）

這些音譯外來詞，也可以看作英語的粵語化，說的時候不會以說英語的方式開腔，而純粹以粵語來發音，例如：

1. 「恤 sêd^1」是借用了本義毫不相干，但讀音相近的一個粵音來表達「shirt」。

2. 「軩 wén^1」的發音原來不在粵語語音系統裏，但這樣去除 v 英文字母下唇上牙音的特性，簡化唸做「wén^1」便既簡單又最接近原來的英文「van」，於是流行使用。

3. 「軩 lib^1」去除了英語 -ft 的發音特性，改為單一發音「lib^1」也是把英語粵語化，既把讀音簡化成一字一音的粵語，又與原來的英語最為接近。

香港人少有「升降機」的說法，八九十歲的長者也是說搭軩、搭軩仔，雖然他們不一定知道軩與軩其實是指英文的 lift 和 van。

（二）直接運用英語詞彙組成詞組或句子 —— 將英語詞彙當做粵語一併成詞組句，簡單如「食 lunch」「call 車」「返 office」「去 toilet」「開 OT」等，便是在日

常生活中經常聽到的例子。

這樣把英語詞彙粵語化地表達，有以下兩個特色：

1. 無論音譯外來詞，或直接用英文字，香港人說起來仍是以粵語的方式來說。最明顯的是把多音節的英文字，分拆成多個粵語字音，沒有輕重音之分的逐字逐音唸出來，例如：

你老細同你講 appraisal 未？	appraisal	⟶ 阿～披～數
我仲未過 probation	probation	⟶ 蒲～卑～馴
揾到 buyer 未？	buyer	⟶ 拜～也

2. 把英語詞彙拆開，或獨立作為粵語詞來運用，套到粵語句式上去，例如：

唔知佢又 like 唔 likey 呢？

今次你哋 hap 唔 happy 呀？

時間咁短，你 pre 唔 pre 到 sent 呀？

上述句子便是由粵語「鍾唔鍾意」「瞓唔瞓到覺」的句式改造，所用的英語詞彙雖然保留原來的意義，但是卻因應其音節的分拆，變到如同粵語的兩字詞語來運用，令英文詞彙可以完全融合到粵語的語法系統裏去。

香港粵語，中英夾雜是一大特色，尤其在職場上很多情況都習慣以英語詞彙來表達，但是哪一些詞會用？哪一些詞不用呢？這其實是習以為常，並沒有甚麼規律。很多人粵語未完全聽懂，更不曾想到還有英語摻雜其中，於是沒把雖然識得的英語辨認出來。本書作者就從本地人的經驗，按不同範圍列出一些最常使用的英語詞彙，讓讀者先作準備。

香港職場粵語常用的英語字詞

<table>
<tr><td rowspan="6">面試</td><td>interview</td><td>面試</td><td>group discussion</td><td>小組討論</td></tr>
<tr><td>resume</td><td>履歷</td><td>CV（curriculum vitae）</td><td>履歷</td></tr>
<tr><td>referee</td><td>推薦人 / 諮詢人</td><td>reference letter</td><td>推薦信</td></tr>
<tr><td>position/post</td><td>職位</td><td>freelance</td><td>自由工作者</td></tr>
<tr><td>full time</td><td>全職</td><td>part time</td><td>兼職</td></tr>
<tr><td rowspan="1"></td><td></td><td></td><td></td></tr>
</table>

面試	interview	面試	group discussion	小組討論
	resume	履歷	CV（curriculum vitae）	履歷
	referee	推薦人 / 諮詢人	reference letter	推薦信
	position/post	職位	freelance	自由工作者
	full time	全職	part time	兼職
入職	offer	錄用通知	salary	工資
	contract	合同	probation	試用期
	MPF	強積金計劃	enrollment form	報名表格
	ID card（identity card）	身份證	staff card	職員證
	number	號碼 / 編號	bank account	銀行帳戶
部門	多稱英文名，如「Marketing」指市場部、「Account」指財務部；另也有取英文名開首字母作簡稱，如「HR」是 Human Resources，指人力資源部或人事部、「IT」是 Information Technology，即資訊科技部或電腦部。			
申請	SL（sick leave）	病假	AL（annual leave）	年假
	take leave	請假	information	資料
	intranet	內聯網	procedure	手續 / 程序
	apply	申請	application form	申請表
	form	表格	OT（work overtime）	加班，也代指加班費。
	petty cash	小額備用金	claim	報銷
	approve	批准	disapprove / reject	否決
	invoice	發票	receipt	收據
	cash	現金	cheque	支票

語 音 練 習

入聲 b 韻尾

　　粵語入聲字可從它的拼音看出來，韻尾凡是 b、d 或 g 的，就唸入聲。b、d、g 屬塞音韻尾，有塞音韻尾就是入聲的特色。

　　b 屬雙唇不送氣的清塞音韻尾，雙唇塞音韻尾在收音時需閉合上下唇。收 b 韻尾的韻母有三個：ab、eb 和 ib。

　　以下是 ab、eb 和 ib 的字例，其中沒有拼音的，請從本課內容中找出，把拼音寫到橫線上。另外，請聆聽音檔，跟讀相關的三組詞例。

1.　甲 gab^3 、習 zab^6 、搭 dab^3 、答 dab^3 、插 cab^3

2.　級 keb^1 、輯 ceb^1 、執 _____ 、拾 _____ 、入 _____

3.　協 hib^3 、攝 xib^3 、貼 _____ 、輒 _____ 、業 _____

詞例：

1.　　夾縫　　$gab^3 fung^4$　　踏步　　$dab^6 bou^1$

　　　　狹小　　$hab^6 xiu^2$　　燒鴨　　$xiu^1 ab^3$

　　　　回答　　$wui^4 dab^3$　　垃圾　　$lab^6 sab^3$

2.　　急忙　　$geb^1 mong^4$　　接洽　　$jib^3 heb^1$

　　　　合時　　$heb^6 xi^4$　　及時　　$keb^6 sug^1$

　　　　潮濕　　$qiu^4 seb^1$　　執拾　　$zeb^1 seb^6$

3.　　道歉　　$dou^6 hib^3$　　納妾　　$nab^6 qib^3$

　　　　打劫　　$da^2 gib^3$　　蝴蝶　　$wu^4 dib^6$

　　　　業務　　$yib^3 mou^6$　　涉獵　　$xib^3 lib^6$

第四章
工作溝通篇

第十課　向上司請示及匯報

常說:「上司的心意最難捉摸。」猜度心意難度很大。不過，職場上的溝通，不應該是猜出來的，而是要求聽、講清晰。對上司請示或匯報的時候，要把話說得清清楚楚，對上司的回答或指示，則要聽得明明白白，然後給予適當的回應，讓他知道你會按照他的指示把工作完成。

會話（一）向上司請示

以下會話人物，S 代表 subordinate 下屬，M 代表 manager 上司。

S　張 總，嚟 緊 兩 個 展 銷 會 打 孖
zêng¹ zung² lei⁴ lei⁴ gen² lêng⁵ go³ jin² xiu¹ wui² da² ma¹
張總，接下來會有連着兩個展銷

嚟緊：即將來到。
打孖：兩個連在一起。

嚟，人 手 好 緊 張 喎。
lei⁴ yen⁴ seo² hou² gen² zêng¹ woi³
會，人手挺緊張的。

M　咁 叫 啲 人 幫 幫 手，唔 好 喺 呢
gem² giu³ di¹ yen⁴ bong¹ bong¹ seo² m⁴ hou² hei² néi¹
這就請他們幫幫忙，別在這

啲人：那些人，這裏指公司員工。

dün⁶ xi⁴ gan³ lo² ga³

段　時　間　攞　假。

段時間申請休假。

S ngo⁵ ji¹ ga³ lag³　kêu⁵ déi⁶ yi¹ ga¹ hou² do¹ xi⁴ fong³ gung¹dou¹ leo⁴ do¹

我　知　㗎　嘞。　佢　哋　依　家　好　多　時　放　工　都　留　多

我知道了，現在他們下班經常多留

yed¹ lêng⁵ go³ zung¹　kêu⁵ déi⁶ men⁶ wui⁵m⁴ wui⁵ yeo⁵ bou² sêu²

一　兩　個　鐘，　佢　哋　問　會　唔　會　有　補　水。

一兩個小時，他們問會不會有加班費。

M gem² a³　ngo⁵ déi⁶ go³ budget zen¹ hei⁶ hou² gen²

咁　呀，　我　哋　個　budget　真　係　好　緊，

這樣嘛，我們的財政預算真的很緊，

bed¹ yu⁴ bou² ga³ la¹　dan⁶ hei⁶ zên⁶ lêng⁶ gao² dim⁶

不　如　補　假　啦，但　係　儘　量　搞　掂　　**搞掂**：辦妥。

不如補假吧，但儘量辦妥

lêng⁵ go³ jin² xiu¹ wui² ji³ hou² fong³ néi⁵ tung⁴ ngo⁵

兩　個　展　銷　會　至　好　放，你　同　我

兩個展銷會才放假，你給我

tei² gen² di¹ gung¹ xi⁴ mei⁵ xig⁶ fan⁶ king¹ gei² yeo⁶

睇　緊　啲　工　時，咪　食　飯、傾　偈　又　　**咪**：不要。
　　　　　　　　　　　　　　　　　　　　　　傾偈：聊天。

把工時看緊點，別將吃飯、聊天也

gei³ sou³

計　數。

算進去。

S　hei⁶ gé³　ngo⁵ tung⁴ kêu⁵ déi⁶ gong² ha²
　　係　嘅，　我　同　佢　哋　講　下。
　　是的，我跟他們説一下。

M　gem² la¹　go² lêng⁵ go³ jin² xiu¹ wui² ling⁶ ngoi⁶ gei³
　　咁　啦，　嗰　兩　個　展　銷　會　另　外　計
　　這樣吧，那兩個展銷會另外多算

　　gou¹ di¹ fa¹ hung⁴ béi² kêu⁵ déi⁶　néi⁵ ting¹ yed⁶ béi²
　　高　啲　花　紅　畀　佢　哋，　你　聽　日　畀
　　點獎金給他們，你明天給我一

　　go³ sou³ ngo⁵ nem² nem² la¹
　　個　數　我　諗　諗　啦。
　　個數目，讓我想一想。

論諗：想一想、考慮。

S　hou² gé³　do¹ zé⁶ zêng¹ zung²
　　好　嘅，　多　謝　張　總！
　　好的，謝謝張總！

思考題

1.　張總沒有答應「補水」，但作出了哪些讓步？

2.　張總的説話中，有三次表現了他的顧慮，你能把這些説話找出來嗎？

會話（二）向上司匯報

以下會話人物，M 代表 manager 上司，S 代表 subordinate 下屬。

go³ hag³ yeb⁶ yi¹ yun² dan¹ yé⁵ dim² a³

M 個 客 入 醫 院 單 嘢 點 呀？

那顧客進醫院的事情怎樣了？

> **單嘢**：那件事。

ngo⁵ hêu³ yi¹ yun² tei² guo³ kêu⁵ hei⁶ neo² cen¹ yeo⁶

S 我 去 醫 院 睇 過，佢 係 扭 親 右

我到醫院看過，她扭傷了右

> **扭親**：「親」是助詞，用在動詞後面，表示承受了該動作。扭親就是扭傷了。

gêg³ tung⁴ cad³ xun² yeo⁶ bin¹ bog³ teo⁴ jiu³ zo² X

腳 同 擦 損 右 邊 膊 頭，照 咗 X

腳，也擦破了右邊肩膀，照過 X

guong¹ gun¹ cad³ yed¹ lêng⁵ yed⁶ ying¹ goi¹ zeo² deg¹

光， 觀 察 一 兩 日 應 該 走 得

光，觀察一兩天便應該可以出院

lag³ hou² hou² coi² kêu⁵ ji¹ dou⁶ hei⁶ ji⁶ géi² zég³

嘞。 好 好 彩， 佢 知 道 係 自 己 隻

了。幸好她知道是自己

> **好彩**：幸好。

gou¹ zang¹ hai⁴ tün⁵ zang¹ ji³ wui⁵ did³ m⁴ guan¹

高 踭 鞋 斷 踭 至 會 跌， 唔 關

高跟鞋鞋跟折斷才會跌倒，與

ngo⁵ déi⁶ pou³ teo² xi⁶

我 哋 舖 頭 事。

我們店舖無關。

kêu⁵ ji⁶ géi² yeo⁵ mou⁵ mai⁵ bou² him² ga³

M 佢 自 己 有 冇 買 保 險 㗎？

她自己有沒有買保險呢？

S
yeo⁵　kêu⁵ wa⁶ ji⁶ géi² claim bou² him² zeo⁶ OK
有，　佢　話　自　己　claim　保　　險　　就　OK，
有，她說自己保險報銷就可以，

zung⁶ men⁶ did³ dei¹ go² zen⁶ yeo⁵ mou⁵ jing² lan⁶ ngo⁵
仲　　問　跌　低　嗰　陣　有　冇　整　爛　我
還有問跌倒時有沒有弄壞我

嗰陣：那時。
整爛：弄壞。

déi⁶ pou³ di¹ yé⁵
哋　鋪　啲　野。
們店舖的東西。

M
gem² yeo⁵ mou⁵ né¹
咁　有　冇　呢？
那有沒有呢？

S
mou⁵
冇。
沒有。

M
néi¹ go³ hag³ dou¹ géi² nan⁴ deg¹　néi⁵ sung³ di¹ coupon béi² kêu⁵　bed¹
呢　個　客　都　幾　難　得，　你　送　啲　coupon　畀　佢，　不
這個顧客挺難得，你給她送一些優惠券，不

guo³ gong² yé⁵yiu³ hou² xiu² sem¹　néi¹ di¹ m⁴ hei⁶ pui⁴ sêng⁴ ji² hei⁶
過　講　野要　好　小　心，　呢　啲　唔　係　賠　　償，　只　係
過說話要很小心，這些不是賠償，只是

yen¹ wei⁶ hei² ngo⁵ déi⁶pou³ teo²did³ dou²　sung³ di¹ coupon biu² xi⁶ ha⁶
因　為　喺　我　哋　鋪　頭　跌　倒，　送　啲　coupon　表　示　下
因為在我們 店跌倒，送優惠券表示一下

wei³ men⁶　tung⁴ mai⁴ héi¹ mong⁶ kêu⁵ ha⁶ qi³ lei⁴ gé³ xi⁴ heo⁶　yeo⁵ yu⁴
慰　問　，同　埋　希　望　佢　下　次　嚟　嘅　時　候，有　愉

慰問，也希望她下次來到，有愉

fai³ gé³ keo³ med⁶ tei² yim⁶ zé¹
快　嘅　購　物　體　驗　啫。

快的購物經驗。

ngo⁵ wui⁶ xiu² sem¹ lag³　lou⁵ ban²

S　我　會　小　心　嘞，老　闆。

我會小心的，老闆。

ngo⁵ ji¹ yu⁴ guo² béi² di¹ qun⁴ mui⁴ lün⁶ sé² zeo⁶ ma⁴ fan⁴
我　知　如　果　畀　啲　傳　媒　亂　寫　就　麻　煩。

我知道如果讓傳媒亂寫就麻煩。

hei⁶ lo¹　m⁴ hou² wa⁶ lou⁵ zog³　zeo⁶ xun³ dai⁶ ji⁶

M　係　咯，唔　好　話　老　作，就　算　大　字　　老作：完全虛構。

是呀，別說胡扯，就算大字

biu¹ tei⁴ wa⁶ ngo⁵ déi⁶ dou⁶ yeo⁵ yen⁴ did³ cen¹ yeb⁶ yi¹ yun² dou¹ m⁴ hou²
標　題　話　我　哋　度　有　人　跌　親　入　醫　院　都　唔　好。

標題說我們這裏有人跌倒進醫院也不好。

hei⁶ gé³　ngo⁵ wui⁵ xiu² sem¹ qu⁵ léi⁵

S　係　嘅，我　會　小　心　處　理。

是的，我會小心處理。

實用句子練習

對上司指示的回答

以下短句是簡單的回答，請聆聽音檔跟讀，並從課文中找出第 4 至 7 句的粵語拼音，填寫到空格內。

1	冇問題	mou⁵ men⁶ tei⁴	沒問題
2	明白	ming⁴ bag⁶	明白
3	知道	ji¹ dou²	知道
4	我知㗎嘞		我知道了
5	係嘅		是的
6	好嘅		好的
7	我會小心嘞		我會小心了

以上述短句為開首，分別配對下列 (a) 至 (e) 各個句子讀出，例如：冇問題，聽日可以做起份計劃書。

ting¹ yed⁶ ho² yi⁵ zou⁶ héi² fen⁶ gei³ wag⁶ xu¹

(a) 聽　日　可　以　做　起　份　計　劃　書。　明天可以把計劃書完成。

ngo⁵ wui⁵ hung³ zei³ wui² cêng⁴ gé³ did⁶ zêu⁶

(b) 我　會　控　制　會　場　嘅　秩　序。　我會控制會場的秩序。

pai³ géi² nim⁶ ben² mou⁶ keo⁴ yen⁴ yen⁴ yeo⁵ fen²

(c) 派　紀　念　品　務　求　人　人　有　份。派紀念品務求人人有份。

ngo⁵ ging¹ yi⁵ hei² qing⁴ yen⁴ jid³ qin⁴ heo⁶ yed¹

(d) 我　經　已　喺　情　人　節　前　後　一　　我已經在情人節前後一個月留了廣告位置。

go³ yud⁶ leo⁴ zo² guong² gou³ wei²

個　月　留　咗　廣　告　位。

ngo⁵ qim¹ yêg³ ji¹ qin⁴ wui⁵ zêng¹ goi² dung⁶

(e) 我　簽　約　之　前，會　將　改　動

我簽約之前，會把改動過
的條款核對一遍。

guo³ gé³ tiu⁴ fun² hed⁶ dêu³ yed¹ qi³

過　嘅　條　款　核　對　一　次。

匯報工作的時態用詞

「咗」和「緊」是粵語常用的時態助詞，它們的位置在動詞後面。「咗」表示動作的完成，「緊」則表示動作的持續。

例如：工程完成咗一個月。　　工程完成了一個月。

工程仲做緊。　　　　工程還在進行。

下表詞組以過去、現在與未來的時態分類，試以 1 至 9 各詞組為開首，分別配對下列 (a) 至 (e) 各個句子，然後讀出，例如：我做咗下個年度嘅財政預算。

過去	1	我做咗	ngo⁵ zou⁶ zo²	我做了
	2	我做完	ngo⁵ zou⁶ yun⁴	我做完
	3	我經已做好	ngo⁵ ging¹ yi⁶ zou⁶ hou²	我已經做好
現在	4	我做緊	ngo⁵ zou⁶ gen²	我在做
	5	我係度做	ngo⁵ hei² dou⁶ zou⁶	我在做
	6	我依家做	ngo⁵ yi¹ ga¹ zou⁶	我現在做
未來	7	我準備做	ngo⁵ zên² béi⁶ zou⁶	我準備做
	8	我嚟緊做	ngo⁵ lei⁴ gen² zou⁶	我將要做
	9	我即刻去做	ngo⁵ jig¹ hag¹ hêu³ zou⁶	我馬上去做

ha⁶ go³ nin⁴ dou⁶ gé³ coi⁴ jing³ yu⁶ xun³

(a) 下　個　年　度　嘅　財　政　預　算。

下一個年度的財政預算。

ha⁶ go³ yud⁶ gé³ gang¹ biu²

(b) 下　個　月　嘅　更　表。

下一個月的當值表。

gung¹ zog³ géi² lêd⁶ seo² zeg¹ gé³ ying¹ men²
(c)　工　作　紀　律　守　則　嘅　英　文　　　　　工作紀律守則的英文翻譯。

fan¹ yig⁶
翻　譯 。

go² lêng⁵ yed⁶ sêng¹ mou⁶ bai³ fong² gé³ hang⁴
(d)　嗰　兩　日　商　務　拜　訪　嘅　行　　　　　那兩天商務拜訪的行程表。

qing⁴ biu²
程　表 。

zeo¹ nin⁴ man⁵ yin³ gé³ ga¹ ben¹ ming⁴ dan¹
(e)　周　年　晚　宴　嘅　嘉　賓　名　單 。　　　週年晚宴的嘉賓名單。

疑問句的用詞

　　關於提問的用詞，請參考第三章第七課的「實用句子練習」，因應提問的目的選取所需用詞。這裏略作補充，練習一下請示意見的提問句式。

🥄 試以下表詞組 1 至 3 為開首，分別配對下列 (a) 至 (e) 各個句子，然後讀出，例如：使唔使安排下個禮拜一開會？

1	使唔使	sei² m⁴ sei²	要不要
2	好唔好	hou² m⁴ hou²	好不好
3	係唔係	hei⁶ m⁴ hei⁶	是不是

on¹ pai⁴ ha⁶ go³ lei⁵ bai³ yed¹ hoi¹ wui²
(a)　安　排　下　個　禮　拜　一　開　會 ?　　　安排下個禮拜一開會？

tung⁴ lem⁴ gug⁶ zêng² yu⁶ béi⁶ ji³ qi⁴ gou²
(b)　同　林　局　長　預　備　致　詞　稿 ?　　　給林局長預備致詞稿？

wen² yêng⁴ zung² guo³ lei⁴ yed¹ cei⁴ king¹

(c)　搵　楊　總　過　嚟　一　齊　傾　？　　　找楊總過來一起談？

zêng¹ go³ têu¹ guong² wud⁶ dung⁶ goi² kéi⁴

(d)　將　個　推　廣　活　動　改　期　？　　　把那推廣活動改期？

wen² zeo¹ lêd⁶ xi¹ zou⁶ ngo⁵ déi⁶ fad³ lêd⁶

(e)　搵　周　律　師　做　我　哋　法　律　　　找周律師做我們法律顧問？

gu³ men⁶

顧　問　？

語音練習

入聲 d 韻尾

入聲字的特色，是以 b、d 或 g 的塞音作韻尾。

d 屬舌尖塞音韻尾，舌尖塞音韻母是藉舌尖與上齒齦、口腔等配合來發聲。收 d 韻尾的韻母共有七個：ad、ed、id、od、ud、êd、üd。

以下是 ad、ed、id、od、ud、êd、üd 各韻母的字例，其中沒有拼音的，請從本課內容中找出，把拼音寫到橫線上。另外，請聆聽音檔，跟讀各組詞例。

1.　八 bad³、抹 mad³、擦 ＿＿＿＿＿ 、察 ＿＿＿＿＿ 、法 ＿＿＿＿＿

2.　忽 fed¹、吉 ged¹、不 ＿＿＿＿＿ 、物 ＿＿＿＿＿ 、核 ＿＿＿＿＿

3.　別 bid⁶、列 lid⁶ 、跌 ＿＿＿＿＿ 、秩 ＿＿＿＿＿ 、節 ＿＿＿＿＿

4.　喝 hod³、渴 hod³、褐 hod³、葛 god³、割 god³

5. 砵 bud^3、撥 bud^6、脖 bud^6、括 kud^3、活 ＿＿＿＿＿＿

6. 摔 sêd^1、術 sêd^6、述 sêd^6、卒 zêd^1、律 ＿＿＿＿＿＿

7. 決 küd^3、絕 jud^6、説 xud^3、粵 yud^6、月 ＿＿＿＿＿＿

詞例：

1.	挖掘	wad^1 gued^6	壓力	ad^3 lig^6
	刷牙	cad^3 nga^4	八百	bad^3 bag^3
2.	質量	zed^1 lêng^6	忽視	fed^1 xi^6
	乏味	fed^6 méi^6	報失	bou^3 sed^1
3.	傑出	gid^6 cê^1	列車	lid^6 cé^1
	破裂	po^3 lid^6	佳節	gai^1 jid^3
4.	喝采	hod^3 coi^2	渴求	hod^3 keo^4
	收割	seo^1 god^3	粉葛	fen^2 god^3
5.	遼闊	liu^4 fud^3	活潑	wud^6 pud^3
	沒有	mud^6 yeo^5	末路	mud^6 lou^6
6.	出口	cêd^1 heo^2	率先	sêd^1 xin^1
	講述	gong^2 sêd^6	體恤	tei^2 sêd^1
7.	血型	hüd^3 ying^4	喜悦	héi^2 yud^6
	爭奪	zeng^1 düd^6	解決	gai^2 küd^3

第十一課 公事溝通及日常閒談

　　良好的同事關係在職場生活中十分重要。同事在工作以外日常最多的接觸是聊天和吃飯，新同事可以積極表示友善，主動打開話匣子和參加餐聚等活動。建立良好同事關係可以為工作打下互信的基礎，讓大家衷誠合作，發揮工作的最佳的效能。

會話（一）公事溝通

以下會話人物，A 和 B 都是市場推廣部的同事。

ngo⁵ ngam¹ ngam¹ yêg³ dou² R zeo² dim³ ting¹ yed⁶ ha⁶

A　我　啱　啱　約　到　R　酒　店　聽　日　下　　**聽日**：明天。
我剛約到 R 酒店明天下午看

zeo³ tei² cêng⁴　néi⁵ hei⁶ mei⁶ yed¹ cei⁴ hêu³ a³
　　畫　睇　場　，你　係　咪　一　齊　去　呀？
場地，你是否一起去呢？

hei⁶　ngo⁵ ting¹ yed⁶ mou⁵ appointment　mé¹ xi⁴ gan³
B　係，　我　聽　日　冇　appointment，咪　時　間　　**咪**：甚麼。
可以，我明天沒有約，甚麼時間

dou¹ OK

都　OK。

都 OK。

A　ngo⁵ déi⁶ wui⁵ tei² lêng⁵ go³ téng¹　lêng⁵ go³ dou¹ ho²

　　我　哋　會　睇　兩　個　廳，　兩　個　都　可

　　我們會看兩個廳，兩個都可

yi⁵ co⁵ yi⁶ bag³ yen⁴ yed¹ go³ sei³ xiu² xiu² ling⁶

以　坐　二　百　人，　一　個　細　小　小，　另

以坐二百人，一個小一點，另

yed¹ go³ dai⁶ di¹　ho² yi⁵ hei² yeb⁶ min⁶ zou⁶ mai⁴ catering

一　個　大　啲，可　以　喺　入　面　做　埋　catering。

一個大一些，可以在裏面也做餐飲招待。

做埋：一起做。

B　yu⁴ guo² bao¹ gan² dan¹ gé³ ga³ fé¹　ca⁴ sêu²　yiu³ géi²

　　如　果　包　簡　單　嘅　咖　啡、　茶　水，　要　幾

　　如果包辦簡單的咖啡、茶水，加多

包：包辦。

do¹ qin² a³

多　錢　呀？

少錢呢？

A　ngo⁵ deng² zen⁶ seo¹ dou² kêu⁵ déi⁶ gé³ package

　　我　等　陣　收　到　佢　哋　嘅　package，

　　我等一會收到他們的組合價錢，

等陣：等一會兒。

zoi³ send ji¹ liu² béi² néi⁵

再　send　資　料　畀　你。

再傳資料給你。

hou² m⁴ goi¹ xin¹ gem² ngo⁵ dou⁶ ha⁶ go³ budget

B 好 ， 唔 該 先 ， 咁 我 度 下 個 budget，

好，先謝謝了，那我計算一下財政預算，

> **度下**：計算一下、想一下。

ngan³ di¹ zoi³ tung⁴ néi⁵ king¹ mai⁴ fen⁶ ga¹ ben¹

晏 啲 再 同 你 傾 埋 份 嘉 賓

晚一點再和你連那份嘉賓

> **晏啲**：晚一點。
> **傾埋**：連同……一起傾談。

méng⁴ dan¹

名 單 。

名單一起討論。

··· 粵語通通識

「埋 mai⁴」

在粵語中廣泛使用，本字有多個的意思。首先在本課會話中的用法是作為動詞後面的補語，表示「連同」，「做埋」即「連同……來做」「傾埋」是「連同……來談」，又如：

你買飯嗰時可唔可以同我買埋沙律？　你買飯的時候可以幫我買沙拉嗎？

其實不用「埋」，句意也一樣，都表達了想對方買飯時「同把（沙律）一起來買」的要求，但粵語習慣在這樣的情況用「埋」。另一個作為補語的意思是「完全」，例如：

你食埋飯先講啦。　你吃完飯才說吧。

我睇埋本書就瞓。　我看完書就睡覺。

上面例子的「埋」，作為動詞的補語，表示動作完全地完成，這個「埋」是可以用「完」來取代的。

「埋」本身可作動詞用，常見的詞彙有：

埋單 mai⁴ dan¹

即結賬，這裏的「埋」，是「結算」的意思。商業上結

算賬目又稱「埋數」。

埋席 mai⁴ jig⁶	即入席，這裏的「埋」，是「走去」的意思，同作走去意思構詞的還有「埋位」「埋去」「埋嚟」。
埋堆 mai⁴ dêu¹	即跟某一夥人湊合在一起，這裏的「埋」，是「湊合」「加入」的意思。另一個相似的用詞是「埋班」，指加入某一個班子去。
埋站 mai⁴ zam⁶	即快要到站，這裏的「埋」，是「靠近」的意思。
埋便 mai⁴ bin⁶	即裏面，這裏的「埋」指示往內裏的方向，與「邊」字組合，作合成方位詞。
	此外，「埋藏」「埋沒」粵語也說，但「埋首」則說「埋頭」，如「埋頭研究」和「埋頭埋腦」。
埋頭埋腦 mai⁴ teo⁴ mai⁴ nou⁵	這裏的「埋」，即「埋藏」，形容對某樣事物十分專注或沉迷，致終日埋首其中。

會話（二）日常閒談

以下會話人物，A 和 B 是鄰座的同事。

téng¹ gong² M gung¹ xi¹ kuei¹ ding⁶　qi⁴ dou³ seb⁶ ng⁵ fen¹ zung¹

A　聽　講　M　公　司　規　定，遲　到　十　五　分　鐘，

聽說 M 公司規定，遲到十五分鐘，

zeo⁶ dong³ céng² xi⁶ ga³ yed¹ go³ zung¹ wo³

就　當　請　事　假　一　個　鐘　喎。

就當作請事假一小時呢。

gem² wang⁴ dim⁶ qi⁴　zeo⁶ xig⁶ mai⁴ go³ léng³ zou² can¹

B　咁　橫　掂　遲，就　食　埋　個　靚　早　餐　**橫掂**：反正。

這樣反正遲到，就吃個豐富早餐

xin¹ ji³ fan¹ gung¹ lo³
先　至　返　工　咯。
才上班了。

hei⁶　bed¹ guo³ gem² yêng² keo³ keo³ ha²　　yung⁴ med¹

A　　係，　不　過　咁　樣　扣　扣　下，　容　乜

是的，不過這樣扣減下去，很容

> **扣扣下**：扣減下去。
> **容乜易**：很容易。

yi⁶ keo³ sai³ go³ dai⁶ ga³
易　扣　晒　個　大　假。
易就把大假完全扣掉。

dai⁶ ga³ m⁴ tung⁴ xi⁶ ga³ ga³

B　　大　假　唔　同　事　假　㗎。

大假和事假不同呢。

yeo⁵ med¹ yé⁵ m⁴ tung⁴

A　　有　乜　野　唔　同？

有甚麼不同？

dai⁶ ga³ keo³ ga³　　xi⁶ ga³ keo³ lêng⁴

B　　大　假　扣　假，　事　假　扣　糧。

大假扣假期，事假扣薪水。

> **扣糧**：扣減薪水。

ha² 　keo³ yen⁴ gung¹ hou² m⁴ lou⁵ lei² wo³　zen¹ m⁴

A　　吓，　扣　人　工　好　唔　老　嚟　喎，　真　唔

哇，扣薪水不好兆頭啊，是真

> **唔老嚟**：不吉利、不
> 順心。

zen¹ ga³
真　㗎？
的嗎？

yi¹ ga¹ yeo⁵ yé⁵ zou⁶　xig⁶ fan⁶ xin¹ king¹ la¹

B　依　家　有　嘢　做，　食　飯　先　傾　啦。

現在要做事，吃飯才說吧。

hêu³ bin¹ gan¹ a³

A　去　邊　間　呀？

去哪一間呢？

> 邊間：哪一間。

hêu³ yeo⁴ gug² dêu³ min⁶ gan¹ zeo² leo⁴ la¹　co⁵ deg¹ xu¹ fug⁶ di¹

B　去　郵　局　對　面　間　酒　樓　啦，　坐　得　舒　服　啲。

去郵局對面那間酒樓吧，坐得舒服一點。

hou²　xin¹ dou³ xin¹ wen² wei²　dou³ xi⁴ din⁶ lün⁴

A　好，　先　到　先　搵　位，　到　時　電　聯。

好的，先到先找位子，到時電話聯絡。

配詞練習

🍵 請把各個句子按所提供用詞以粵語讀出。

ngo⁵ sé² gen² yé⁵　　　　zoi³ tung⁴ néi⁵ king¹

1.　我　寫　緊　嘢，＿＿＿＿＿再　同　你　傾。

an³ di¹ deng² zen⁶ guo³ do¹ zen⁶

（晏　啲 / 等　陣 / 過　多　陣）

ngo⁵ zung⁶ méi⁶ seo¹ dou² néi⁵

2.　我　仲　未　收　到　你＿＿＿＿＿。

ji¹ liu² din⁶ yeo⁴ sen¹ qing²

（資　料 / 電　郵 / 申　請）

3. 你　橫　掂　得　閒，_____　幫　我　打　電　話？
   néi¹ wang⁴ dim⁶ deg¹ han⁴　　　　bong¹ ngo⁵ da² din⁶ wa²

bed¹ yu⁴ ho² m⁴ ho² yi⁵ hei⁶ mei⁶ ho² yi⁵
（不　如 / 可　唔　可　以 / 係　咪　可　以）

4. 街　市　_____　間　茶　餐　廳　幾　好　食。
   gai¹ xi⁵　　　　gan¹ ca⁴ can¹ téng¹ géi² hou² xig⁶

qin⁴ min⁶ gag³ léi⁴ yeb⁶ min⁶
（前　面 / 隔　離 / 入　面）

5. 一　陣　買　禮　物，每　人　_____　幾　多　錢　呀？
   yed¹ zen⁶ mai⁵ lei⁵ med⁶ mui⁵ yen⁴　géi² do¹ qin² a³

béi² gab³ yu⁶
（畀 / 夾 / 預）

6. 唔　好　意　思，我　有　啲　嘢　唔　明　想　_____。
   m⁴ hou² yi³ xi¹ ngo⁵ yeo⁵ di¹ yé⁵ m⁴ ming⁴ sêng²

céng² gao³ néi⁵ men⁶ ha⁶ néi⁵ ji¹ dou⁶ ha⁶
（請　教　你 / 問　下　你 / 知　道　下）

實用句子練習

前後的時間表達

　　粵語在時間表達上，表達「現在」的用詞比較簡單，就是「依家 yi¹ ga¹」或「而家 yi⁴ ga¹」，但是表達「之前」「之後」的詞語或詞組卻有不少，這裏把日常使用的列表如下：

之前	之前	ji¹ qin⁴	之前	頭先	teo⁴ xin¹	剛才
	正話	jing³ wa⁶	剛剛	啱啱	ngam¹ ngam¹	剛剛
	一早	yed¹ zou²	老早	好耐之前	hou² noi⁶ ji¹ qin⁴	很久之前
	晨早	sen⁴ zou²	老早	冇耐之前	mou⁵ noi⁶ ji¹ qin⁴	不久之前
之後	一陣	yed¹ zen⁶	一會兒	一陣間	yed¹ zen⁶ gan¹	一會兒
	等陣	deng² zen⁶	等一會兒	等陣間	deng² zen⁶ gan¹	等一會兒
	遲啲	qi⁴ di¹	遲一點	晏啲	an³ di¹	晚一點
	轉頭	jun³ teo⁴	回頭	過多陣	guo³ do¹ zen⁶	過一會兒

✍ 試把上表各個表達「之前」和「之後」的詞語，與下列 (a) 至 (e) 的詞組分別配對以組成句子，然後讀出。例如：之前買咗飛。（之前）；一陣買飛。（之後）

mai⁵ zo² mai⁵ féi¹

(a) 買　咗 / 買　飛　　　　　　　　　　　　　　買了 / 買票

hêü³ zo² hêü³ ngen⁴ hong⁴

(b) 去　咗 / 去　銀　行　　　　　　　　　　　去了 / 去銀行

hoi¹ guo³ hoi¹ wui²

(c) 開　過 / 開　會　　　　　　　　　　　　　開過 / 開會

cêd¹ zo² cêd¹ tung¹ gou³

(d) 出　咗 / 出　通　告　　　　　　　　　　　出了 / 出通告

zou⁶ yun⁴ zou⁶ coi⁴ mou⁶ bou³ gou³

(e) 做　完 / 做　財　務　報　告　　　　　　　做完 / 做財務報告

「先」「先至」和「至」

　　粵語有「先」「先至」「至」的用法，對應於普通話「才」的使用，以表示事情一先一後的次序關係。以下是課文的例子：

1. 食埋個靚早餐先至返工。

2. 依家有野做，食飯先傾。

第一句用「先至」表達了「返工」前的行動：要「食個靚早餐」。第二句用「先」表達了現在「傾」不是時候，待「食飯」才好進行。「先」「先至」與「至」意思相同，可以互換。

「先」的次序

粵語的「先」也有「先」字本義的用法，但在句子中的次序與普通話的不同，例如課文的：唔該先。普通話的語序是「先謝謝了」。

請用粵語說出下列各個問句。

1. 大家先吃飯。

2. 先把文件打印。

3. 你先把證件放好。

4. 先吃飯，填飽肚子才開會。

5. 剛才我把電腦關掉才離開。

6. 這個位置做多久才可以升職？

7. 我說多少遍你才聽得明白？

8. 加班費待月底發工資的時候才一起發。

香港職場粵語常用的英語字詞

	computer	電腦	laptop	手提電腦
電腦及相關用品	CPU (central processing unit)	中央處理器	hard disk	硬盤
	monitor/mon	電腦熒幕	server	伺服器
	keyboard	鍵盤	cursor	游標
	mouse	鼠標	mouse pad	鼠標墊
	RAM (random access memory)	記憶體	program	程式
	printer	打印機	scanner	掃瞄器
	projector	投影機	browser	瀏覽器
	webcam	視訊鏡頭	cloud	雲端
	internet	網絡	website	網站
	upload	上載	download	下載
	USB (universal serial bus)	U 盤	hacking	黑客入侵
	boot	啟動 / 開機	hang	暫停 / 當機
文儀用品	file	檔案夾	folder	文件夾
	calculator	計算器	cutter	剪刀
	clipboard	寫字夾板	stapler	釘書機
	clear book	資料簿	shredder	碎紙機
	marker	白板筆	highlighter	螢光筆

行事	elaborate	闡説	confirm	確認
	call	叫（人、車）	contact	接觸
	send	發送	receive	收到
	object	反對	accept	接受
	fax	傳真	copy	影印
	report	報告	facilitate	促進
	register	註冊	extend	擴充
	prepare	準備	delay	延遲
	observe	觀察	process	處理
地點	office	辦公室	pantry	茶水間
	studio	工作室	cubicle	工作間隔
	meeting room	會議室	conference room	會議室
	reception	接待處	reception room	會客室
	lift	升降機	lobby	大堂
	corrior	走廊	warehouse	貨倉
	car park	停車場	toilet	廁所

語音練習

入聲 g 韻尾

入聲字的特色，是以 b、d 或 g 的塞音作韻尾。

g 屬舌根塞音韻尾，特點是發音時最後舌根會抵住軟顎讓氣流通道閉塞。收 g 韻尾的韻母共有七個：ag、eg、ég、ig、og、ug、êg。

以下是 ag、eg、ég、ig、og、ug、êg 各韻母的字例，其中沒有拼音的，請從本課內容中找出，把拼音寫到橫線上。另外，請聆聽音檔，跟讀各組詞例。

1. 測 cag^1 、策 cag^3 、拍 pag^3 、革 gag^3 、百 _____

2. 北 beg^1 、塞 seg^1 、麥 meg^6、脈 meg^6、得 _____

3. 石 ség^6 、隻 még^3 、踢 tég^3 、吃 hég^3 、劇 kég^6

4. 碧 big^1 、的 dig^1 、式 zig^1 、食 _____ 、席 _____

5. 博 bog^3 、索 sog^3 、幕 mog^6、國 kuog^3、諾 nog^6

6. 屋 ug^1 、育 yug^6、俗 zug^6、服 _____ 、局 _____

7. 削 sêg^3 、爵 zêg^3 、略 lêg^6 、躍 yêg^6、約 _____

詞例：

1. 拍手　　pag^3 seo^2　　改革　　goi^2 gag^3
　　責任　　zag^3 yem^6　　畫冊　　wa^2 cag^3

2. 北方　　beg^1 fong^1　　幽默　　yeo^1 meg^6
　　墨跡　　meg^6 jig^1　　品德　　ben^2 deg^1

3. 尺碼　　cég^3 ma^5　　踢波　　tég^3 bo^1
　　碩士　　ség^6 xi^6　　炙熱　　zég^3 yid^6

4. 履歷　　léi^5 lig^6　　價值　　ga^3 jig^6
　　極力　　gig^6 lig^6　　覓食　　mig^6 xig^6

5. 交托　　gao^1 tog^3　　拓展　　tog^3 jin^2
　　博士　　bog^3 xi^6　　收穫　　seo^1 wog^6

6. 俗語　　zug^6 yu^5　　儲蓄　　qu^5 cug^1
　　福利　　fug^1 léi^6　　保育　　bou^2 yug^6

7. 斟酌　　zem^1 zêg^3　　退卻　　têu^3 kêg^3
　　削弱　　sêg^3 yêg^6　　芍藥　　cêg^3 yêg^6

　　職員工作表現不理想可以有很多原因，上司的指令不夠清晰便是其中一個。所謂清晰是要說得具體和明白，直接說出來效果更好，因為很多職員被罵的時候還不清楚自己到底錯在哪裏。

　　以下的兩段情景會話，包括指令和訓示，上司都能夠把要求清楚說明，在訓示一段，也清楚指出職員犯錯的地方，以簡單而嚴厲的言詞來表達不滿。

會話（一）人員調配

以下會話人物，M 代表 manager 上司，C 代表下屬 Cola。

Cola　yi¹ ga¹ seo² teo⁴ yeo⁵ di¹ med¹ yé⁵ zou⁶ gen²

M　Cola，依　家　手　頭　有　啲　乜　嘢　做　緊？

　　Cola，現在手上有甚麼事情在做？

dou¹ hei⁶ bong¹ a³ Jack geng¹ go² project zé¹

C　都　係　幫　阿 Jack　跟　個 project 啫。

　　還是幫阿 Jack 跟那個項目呢。

ngo⁵ sêng² diu⁶ néi⁵ guo³ coi⁴ mou⁶ go² bin¹ bong¹ yed¹ go³ lei⁵ bai³

M　我　想　調　你　過　財　務　嗰　邊　幫　一　個　禮　拜。

　　我想把你調到財務那兒幫忙一個禮拜。

gem² gé³ kêu⁵déi⁶ go³ temp fed¹ yin⁴ ug¹ kéi² yeo⁵ xi⁶ fan¹ m⁴ dou²

咁　嘅，佢　哋　個 temp 忽　然　屋　企　有　事　返　唔　到，

這樣的，他們那個臨時職員忽然家裏有事不能回來上班，

ngo⁵ déi⁶ m⁴ sêng² céng²lei⁴ céng² hêu³ bed¹ yu⁴ noi⁶ bou⁶ diu⁶ go³ yen⁴

我　哋　唔　想　請　嚟　請　去，不　如　內　部　調　個　人

我們不想反覆僱人，不如內部調配一個人

hêu³ bong¹ seo² xun³ lo³

去　幫　手　算　咯。

去幫忙就是。

mou⁵ men⁶ tei⁴ a¹　géi² xi⁴ hoi¹ qi² né¹

C　冇　問　題　吖，幾　時　開　始　呢？

沒有問題呀，甚麼時候開始呢？

gem² ting¹ yed⁶ hoi¹ qi² ga³ lag³　néi⁵ ting¹ jiu¹ guo³

M　咁　聽　日　開　始　㗎　嘞，你　聽　朝　過　　**聽朝**：明天早上。

那明天開始了，你明天早上到

wong⁴ tai² go² bin¹ bou³ dou³　yu⁶ guo³ hêu³ yed¹ go³

王　太　嗰　邊　報　到，預　過　去　一　個　　**預**：預期、預算。

王太太那兒報到，預算過去一個

lei⁵ bai³ gé³ xi⁴ gan³

禮　拜　嘅　時　間。

禮拜的時間。

hou²　mou⁵ men⁶ tei⁴

C　好，冇　問　題。

好，沒問題。

⋯⋯ 粵語通通識

「咁 gem²」，是「這樣」的意思，唸第二聲的時候，如課文中放在句子開首連接上句，便相當於普通話「這樣」「那麼」的用法。「咁嘅話」即「這樣的話」；「係咁嘅」即「是這樣的」意思。

唸第二聲的「咁」也用在動詞或名詞之前，與普通話「地」或「似的」的用法相同，例如：

靜靜咁睇書	靜靜地看書
津津有味咁食	津津有味地吃
苦瓜咁口面	苦瓜似的面容
着到去飲咁款	打扮得去喝喜酒似的樣子

唸第三聲的「咁 gem³」是「這麼」「那麼」的意思，用於表示程度，位置在形容詞之前，例如：

唔好咁大聲	別這麼大聲
我冇佢咁叻	我沒有他這麼能幹
咁多就夠嘞	這麼多就夠了
你行到飛咁快	你走得飛那麼快。

會話（二）訓示下屬

以下會話人物，M 代表 manager 上司，A 代表下屬 Annie。

Annie　　néi¹ zêng¹ gou¹ tid³ féi¹ mou⁵ deg¹ claim wo³

M　Annie，呢　張　高　鐵　飛　冇　得　claim　喎。

　　Annie，這張高鐵車票不可以報銷呀。

> **飛**：票，源自英文 fare。
> **冇得**：不可以、不會（做某事）。

　　o⁴　m⁴ gen² yiu³ la¹　　lou⁵ sei³

A　哦，唔　緊　要　啦，　老　細。

　　哦，沒事的，老闆。

néi⁵ m⁴ gen² yiu³ ngo⁵ gen² yiu³ go² yed⁶ yiu³ séng⁴

M　你　唔　緊　要　我　緊　要　，嗰　日　要　成

你沒事但我覺得很嚴重，那天要一大

成班：一羣。

ban¹ hag³ deng² néi⁵ yeo⁵ mou⁵ gao² co³ néi⁵ mai⁵

班　客　等　你　，有　冇　搞　錯　？你　買

羣客人等你，怎麼搞的？你再買

guo³ zêng¹ féi¹ néi⁵ gé³ xi⁶ gung¹ xi¹ go² zêng¹ ging¹

過　張　飛　你　嘅　事　，公　司　嗰　張　經

一張票是你的事，公司那張

yi⁵ bag⁶ bag⁶ sai¹ zo² la¹

已　白　白　哂　咗　啦　！

已白白浪費掉了。

哂：浪費。

dêu³ m⁴ ju⁶ go² yed⁶ héi² sen¹ qi⁴ zo² dei⁶ yed⁶ yed¹

A　對　唔　住　，嗰　日　起　身　遲　咗　，第　日　一

對不起，那天起床遲了，以後一

第日：以後、將來。

ding⁶ m⁴ wui⁵ ga³ lag³

定　唔　會　㗎　嘞　！

定不會了。

m⁴ hei⁶ dei⁶ yed¹ qi³ lo³ wo³ ji⁶ géi² nem² ha⁵ fad³ ji²

M　唔　係　第　一　次　咯　喎　，自　己　諗　下　法　子

不是第一次了，自己想想法子

諗：想。

hêu³ goi² la¹

去　改　啦　。

去改吧。

hei⁶　ji¹　dou³　lag³

A　　係，知　道　嘞！

　　是的，知道了！

🧠 思考題

1.　會話（一）中你認為上司對 Cola 的指令清晰嗎？

2.　會話（二）中 Mary 有哪些原因令她的上司這麼生氣呢？

配詞練習

🦪 請把各個句子按所提供用語以粵語讀出。

néi⁵　yi¹　ga¹

1.　你　依　家 ＿＿＿＿＿＿？

zou⁶ gen² med¹ yé⁵　yeo⁵ mé¹ zou⁶ gen² mong⁴ med¹ yé⁵
（做　緊　乜　嘢 / 有　咩　做　緊 /　忙　乜　嘢）

néi⁵ go³ bou³ gou³　　　méi⁶

2.　你　個　報　告 ＿＿＿＿＿＿ 未　？

gao² dim⁶ zou⁶ yun⁴ zou⁶ héi²
（搞　掂 / 做　完 / 做　起）

zêng¹ gem¹ jiu¹ gé³ yin² gong² zou⁶ go³ zag⁶ yiu³
3.　＿＿＿＿＿＿ 將　今　朝　嘅　演　講　做　個　摘　要。

ngo⁵ sêng² néi⁵ m⁴ goi¹ néi⁵ néi⁵ tung⁴ ngo⁵
（我　想　你 / 唔　該　你 / 你　同　我）

néi¹ go³ keo³ sêng² ngo⁵ m⁴ hei⁶ géi² mun⁵ yi³ ngo⁵ sêng² néi⁵

4. 呢　個　構　想　我　唔　係　幾　滿　意，我　想　你＿＿＿＿＿＿＿

zou⁶ guo³

做　過　。

cung⁴ sen¹ cung⁴ teo⁴ yeo⁴ teo⁴

（重　新／從　頭／由　頭）

néi¹ di¹ qun⁴ bou⁶ hei⁶ m⁴ xiu² sem¹ gé³ co³ hei⁶ mei⁶ ho² yi⁵

5. 呢　啲　全　部　係　唔　小　心　嘅　錯，係　咪　可　以＿＿＿＿＿＿？

béi⁶ min⁵ xiu² sem¹ di¹ mou⁵ ha⁶ qi³

（避　免／小　心　啲／冇　下　次）

實用句子練習

對工作目標的說明

　　工作要有效率，先要讓人員認清目標，無論大小事項，所做是為了達成怎樣的一個效果。作為上司，指派工作時最常說的話，就是把目標扼要清楚的說出來。

　　「我想／要……」是把目標直接說明的簡單句式。用「要」比「想」的語氣強烈，但兩者都能表達說話人所言就是對目標的要求。

1	我想	ngo⁵ sêng²
2	我要	ngo⁵ yiu³

🖋 試以上表詞組 1 至 2 為開首，分別配對下列 (a) 至 (e) 各個句子，然後讀出，例如：我想呢個禮拜五收齊問卷。

néi¹ go³ lei⁵ bai³ ng⁵ seo¹ cei⁴ men⁶ gün²

（a）呢　個　禮　拜　五　收　齊　問　卷　　　　　這個禮拜五收回所有問卷

131

ha⁶ go³ lei⁵ bai³ yed¹ zou⁶ hou² fen¹ xig¹ bou³ gou³

(b)　下　個　禮　拜　一　做　好　分　析　報　告　　下個禮拜一完成分析報告

hoi¹ fad³ sen¹ can² ben²

(c)　開　發　新　產　品　　開發新產品

king¹ néi¹ go³ pai⁴ ji² gé³ dug⁶ ga¹ doi⁶ léi⁵

(d)　傾　呢　個　牌　子　嘅　獨　家　代　理　　談這個品牌的獨家代理

pai³ yed¹ go³ tung⁴ xi⁶ hêü³ jib³ géi¹

(e)　派　一　個　同　事　去　接　機　　派一個同事去接機

相反，有時怕出現誤會，或強調要避免甚麼後果，便會加上「唔」，用「我唔想 / 唔要⋯⋯」的句式。

1	我唔想	ngo⁵ m⁴ sêng²
2	我唔要	ngo⁵ m⁴ yiu³

✎ 試以上表詞組 1 至 2 為開首，分別配對下列 (a) 至 (e) 各個句子，然後讀出，例如：我唔想活動超支。

wud⁶ dung⁶ qiu¹ ji¹

(a)　活　動　超　支　　活動超支

fen⁶ bou³ gou³ co³ ji⁶ lin⁴ pin¹

(b)　份　報　告　錯　字　連　篇　　一份報告錯字連篇

sêg³ gam² yen⁴ gung¹ xing⁴ bun²

(c)　削　減　人　工　成　本　　削減工資成本

guong² gou³ qi⁴ guo³ can² ben² cêd¹ gai¹

(d)　廣　告　遲　過　產　品　出　街　　廣告比產品的推出遲

zoi³ seo¹ dou² teo⁴ sou³

(e) 再　收　到　投　訴　　　　　　　　　　　　再收到投訴

指示工作之後的提問

　　為了確定指示清晰，以及確認對方的能力，上司在指派工作後，往往加上簡短的提問，令員工從回答之中，加強對工作的評估及個人的責任感。

✒ 試以下表 1 至 4 的簡短問句，分別配對下列 (a) 至 (e) 各個句子，然後讀出，例如：星期三交計劃書，得唔得？

1	得唔得？	deg¹ m⁴ deg¹	辦得到嗎？
2	O 唔 OK？	O m⁴ OK	可以嗎？
3	掂唔掂？	dim⁶ m⁴ dim⁶	辦得妥嗎？
4	有冇問題？	yeo⁵ mou⁵ men⁶ téi⁴	有沒有問題？

xing¹ kéi⁴ sam¹ gao¹ gei³ wag⁶ xu¹

(a) 星　期　三　交　計　劃　書　　　　　　星期三交計劃書

gem¹ yed⁶ zên² béi⁶ hou² so² yeo⁵ men⁴ gin²

(b) 今　日　準　備　好　所　有　文　件　　今天把所有文件準備好

néi¹ go³ lei⁵ bai³ qim¹ fen⁶ heb⁶ yêg³ fan¹ lei⁴

(c) 呢　個　禮　拜　簽　份　合　約　返　嚟　這個禮拜把合約簽回來

néi⁵ lei⁴ fu⁶ zag³ néi¹ go³ hong⁶ mug⁶

(d) 你　嚟　負　責　呢　個　項　目　　　　你來負責這個項目

yeo⁴ néi⁵ tung⁴ dêü³ fong¹ kog³ ying⁶ heb⁶ yêg³

(e) 由　你　同　對　方　確　認　合　約　　由你和對方確認合約條款

tiu⁴ fun²

條　款

133

訓示的句子

試聽音檔，從下列表格找出 6 個屬於訓示的句子，在括號加上 ✓ 號，並把內容翻譯為普通話，寫在橫線上。

(a) m⁴ goi¹ néi⁵ zou⁶ yé⁵ ying⁶ zen¹ di¹ 唔 該 你 做 嘢 認 真 啲。	（　）
(b) m⁴ hou² zoi³ yeo⁵ ha⁶ qi³ 唔 好 再 有 下 次。	（　）
(c) ngo⁵ leo⁴ hei² dou⁶ tung⁴ dai⁶ ga¹ yed¹ cei⁴ OT 我 留 喺 度 同 大 家 一 齊 OT。	（　）
(d) néi⁵ ji⁶ géi² nem² ha⁶ ban⁶ fad³ goi² xin⁶ la¹ 你 自 己 諗 下 辦 法 改 善 啦。	（　）
(e) ngo⁵ gan² zên² xi⁴ fan¹ gung¹ ding⁶ hei⁶ m⁴ sei² fan¹ gung¹ 你 揀 準 時 返 工 定 係 唔 使 返 工？	（　）
(f) zou⁶ deg¹ hou² 做 得 好。	（　）
(g) sang¹ yi³ nan⁴ zou⁶ gung¹ xi¹ küd³ ding⁶ dung³ sen¹ 生 意 難 做，公 司 決 定 凍 薪。	（　）
(h) xiu² sem¹ di¹ zou⁶ yé⁵ zeo⁶ m⁴ wui⁵ cêd¹ co³ 小 心 啲 做 嘢 就 唔 會 出 錯。	（　）

sen¹ fu² sai³ dai⁶ ga¹ ngo⁵ céng² yem² ha⁶ ng⁵ ca⁴

(i) 辛 苦 晒 大 家 ， 我 　請 　飲 下 午 茶 。　　　（　）

néi⁵ zou⁶ yé⁵ fai³ seo² di¹ deg¹ m⁴ deg¹

(j) 你 做 嘢 快 手 啲 得 唔 得 ？　　　（　）

1. ＿＿＿＿＿＿＿＿＿＿＿＿＿＿＿＿＿＿＿＿＿＿＿＿ 。

2. ＿＿＿＿＿＿＿＿＿＿＿＿＿＿＿＿＿＿＿＿＿＿＿＿ 。

3. ＿＿＿＿＿＿＿＿＿＿＿＿＿＿＿＿＿＿＿＿＿＿＿＿ 。

4. ＿＿＿＿＿＿＿＿＿＿＿＿＿＿＿＿＿＿＿＿＿＿＿＿ 。

5. ＿＿＿＿＿＿＿＿＿＿＿＿＿＿＿＿＿＿＿＿＿＿＿＿ 。

6. ＿＿＿＿＿＿＿＿＿＿＿＿＿＿＿＿＿＿＿＿＿＿＿＿ 。

語音練習

「你」

「你」(néi⁵) 是上司向下屬指示工作時一定説到的詞，「你」跟另外兩個常用的人稱代詞「我」(ngo⁵)、「佢」(kêu⁵) 同是陽上聲，即第五聲。

1. 聲母練習：n 聲母

粵語 n 是鼻音聲母，發音方法與普通話發相同，故此不難學習。

🥄 以下是 n 聲母字例，請聆聽音檔跟讀，另請從課文找出字例的拼音填寫在空格內。

農	南	暖	諾	耐	內	難	你
nung⁴	nam⁴	nün⁵	nog⁶	noi⁶			

2. n 聲母和 l 聲母

　　粵語聲母中的 n 和 l，由於兩者同屬舌尖音聲母，發音部位相似，故此在發音時容易混淆。香港人以粵語為主要語言，卻常把 n 聲母的字讀成 l 聲母，這正是被語言學者詬病為「懶音」的其中的一個現象。

　　把 n 聲母的字讀成 l 聲母不但是誤讀，還有機會造成意思上的誤解。

🥄 以下是一些詞例，請細心聆聽及跟讀，注意其中 n 與 l 聲母的發音差別。

n 聲母		l 聲母	
男女	nam⁴ nêu⁵	檻樓	lam⁴ lêu⁵
男色	nam⁴ xig¹	藍色	lam⁴ xig¹
年結	nin⁴ gid³	連結	lin⁴ gid³
惱人	nou⁵ yen⁴	老人	lou⁵ yen⁴
農民	nung⁴ men⁴	籠民	lung⁴ men⁴
留難	leo⁴ nan⁴	樓蘭	leo⁴ lan⁴

3. 韻母練習：éi 韻母

　　粵音韻母 éi 的發音，與英文字母「A」接近，只是發音時嘴唇向兩邊較用力展開。

🥄 以下是本課內容中有 éi 韻母的一些用字，試找出它們的聲母寫到橫線上，並跟錄音讀出各個字例。通過不同聲母和聲調的組合，感受 éi 韻母的發音變化。

___éi¹ 機	___éi² 己	___éi² 企	___éi⁴ 其
___éi¹ 呢	___éi¹ 飛	___éi² 起	___éi⁶ 哋

以下段落是摘選自香港粵語歌《蜚蜚》的幾句歌詞，試找出有 éi 韻母的字例，並把它們圈出來。

愛上你總會流言蜚蜚，聽説你對待情像馬戲，開心過便失憶，欣賞過便唾棄，愛你同時亦要憎自己。

第五章　開會篇

第十三課　日常會議

　　開會可以集思廣益，同時也是獲得工作訊息的重要途徑。會議種類繁多，本課所說的日常會議，是指符合一般議事規格的會議，例如屬於常規性或定期的常務會議。這一類會議的目的是讓與會者了解到不同崗位或單位的工作計劃、內容、進度等，通過討論交流以落實決策，而記錄存檔，便是日後執行公務的憑據和參考。

　　本課的範例主要在立場表達和意見討論方面，有關內容鋪陳的結構、資料講述等則在下一課「會議簡報」續談。

例句（一）立場表達

dêu³ Mandy teo⁴ xin¹ gé³ gin³ yi⁵ dai⁶ ga¹ ying⁶ wei⁴ dim²

1. 對 Mandy 頭 先 嘅 建議，大 家 認 為 點？　**頭先**：剛才。
   對 Mandy 剛才的建議，大家認為怎樣？

ngo⁵ zan³ xing⁴ Mandy qid³ leb⁶ deng² heo⁶ kêu¹ gé³ gin³ yi⁵

2. 我 贊 成 Mandy 設 立 等 候 區 嘅 建 議。
   我贊成 Mandy 設立等候區的建議。

ngo⁵ gé³ tei² fad⁶ tung⁴ Mandy yed¹ yêng⁶ ying⁶ wei⁴ qid³

3. 我 嘅 睇 法 同 Mandy 一 樣，認 為 設　**睇法**：看法。
   我的看法跟 Mandy 一樣，認為設立

deng² heo⁶ kêu¹ hei² yeo⁵ sêu¹ yiu³ gé³

等　候　區　係　有　需　要　嘅。

等候區是有需要的。

ngo⁵ fan² dêu³ zoi³ bud⁶ fun² béi² néi¹ go³ gei³ wag⁶

4.　我　反　對　再　撥　款　畀　呢　個　計　劃。

我反對給這個計劃再撥款。

ngo⁵ m⁴ zan³ xing⁴ dêu³ néi¹ go³ gei³ wag⁶ zoi³ bud⁶ fun²

5.　我　唔　贊　成　對　呢　個　計　劃　再　撥　款。

我不贊成給這個計劃再撥款。

ngo⁵ dêu³ zoi³ bud⁶ fun² béi² néi¹ go³ gei³ wag⁶ yeo⁵ bou² leo⁴

6.　我　對　再　撥　款　畀　呢　個　計　劃　有　保　留。

我對再撥款給這個計劃有保留。

ngo⁵ hei néi¹ go³ men⁶ tei⁴ sêng⁶ min⁶ bou² qi⁴ zung¹ leb⁶

7.　我　喺　呢　個　問　題　上　面　保　持　中　立。

我在這個問題上保持中立。

néi¹ go³ zou⁶ fad³ yeo⁵ léi⁶ yeo⁵ bei⁶　ngo⁵ teo⁴ héi³ kün⁴ piu³

8.　呢　個　做　法　有　利　有　弊，我　投　棄　權　票。

這個做法有利有弊，我投棄權票。

ngo⁵ gog³ deg¹ zan³ xing⁴ wag⁶ zé² fan² dêu³ gé³ léi⁵ yeo⁴ dou¹ m⁴ geo³

9.　我　覺　得　贊　成　或　者　反　對　嘅　理　由　都　唔　夠

我覺得贊成或者反對的理由也。不

cung¹ fen⁶ ngo⁵ küd³ ding⁶ héi³ kün⁴

充　分，我　決　定　棄　權。

充分，我決定棄權。

配詞練習

請把各個句子按所提供用詞以粵語讀出。

ngo^5　　　leo^4 $sang^1$ $gé^3$ gun^1 dim^2

1.　我 ＿＿＿＿＿ 劉　生　嘅　觀　點　。

　　$tung^4$ yi^3 zan^3 $xing^4$ ji^1 qi^4
（同　意／贊　成／支　持）

ngo^5　　　$néi^1$ go^3 gin^3 yi^5 ho^2 $heng^4$

2.　我 ＿＿＿＿＿ 呢　個　建　議　可　行　。

　　ing^6 wei^4 nem^2 $sêng^1$ $sên^3$
（認　為／諗／相　信）

dai^6 ga^1 $dêü^3$ $néi^1$ go^3　　　$zung^6$ yeo^5 mou^5 yi^3 gin^3

3.　大　家　對　呢　個 ＿＿＿＿＿ 仲　有　冇　意　見？

　　yi^5 tei^4 $fong^1$ on^3 tou^2 $lên^6$
（議　題／方　案／討　論）

ngo^5 fan^2 $dêü^3$ hei^6 $cêd^1$ yu^1 $ging^1$ zei^3 $gé^3$

4.　我　反　對　係　出　於　經　濟　嘅 ＿＿＿＿＿。

　　yun^4 yen^1 $léi^5$ yeo^4 hao^2 $lêü^6$
（原　因／理　由／考　慮）

例句（二）補充或討論

1. 呢 個 討 論， 大 家 仲 有 冇 意
néi¹ go³ dtou² lên⁶ dai⁶ ga¹ zung⁶ yeo⁵ mou⁵ yi³

仲：還。

這個討論，大家還有意

見 或 者 補 充 ？
gin³ wag⁶ zé² bou² cung¹

見或補充嗎？

2. 我 嘅 睇 法， 都 係 等 撥 款 到
ngo⁵ gé³ tei² fad³ dou¹ hei⁶ deng² bud⁶ fun² dou³

我的看法，還是等撥款到

咗 先 郁 穩 陣 啲 。
zo² xin¹ yug¹ wen² zen⁶ di¹

郁：動，這裏指行動。
穩陣：穩當、穩妥。

了才行動穩妥一點。

3. 係 呀， 而 且 我 覺 得 咁 喺 部 門
hei⁶ a³ yi⁴ cé² ngo⁵ gog³ deg¹ gem² hei² bou⁶ mun⁴

是呢，而且我覺得這樣在部門

抽 人 出 嚟 做 嘢 都 唔 多 妥 。
ceo¹ yen⁴ cêd¹ lei⁴ zou⁶ yé⁵ dou¹ m⁴ do¹ to⁵

抽人：抽調人員。
妥：妥當。

抽調人員來做事也不大妥當。

4. 唔 好 意 思， 講 到 人 手 調 配 呢
m⁴ hou² yi³ xi¹ gong² dou³ yen⁴ seo² diu⁶ pui³ néi¹

諗：想。

不好意思，說到人手調配

143

fong¹ min⁶ ngo⁵ nem² yeo⁵ di¹ ng⁶ gai² ngo⁵ yiu³ zoi³ qing¹ co² gong²

方　面　我　諗　有　啲　誤　解，我　要　再　清　楚　講

這方面我想有點誤會，我要再說明清楚

yed¹ ha⁵

一　下。

一下。

gem² gong² men⁶ tei⁴ dou¹ m⁴ dai⁶

5.　咁　講　問　題　都　唔　大　。

這樣說問題也不大。

ngo⁵ dou¹ gem² tei² zeo⁶ hog⁶ néi⁵ wa⁶ gen¹ sêng⁶ qi³

6.　我　都　咁　睇，就　學　你　話　跟　上　次　　**學你話**：依你的説法。

我也這樣看，就如你説先跟上一次那

go³ project zou⁶ ju⁶ xin¹

個　project　做　住　先　。　　　　**做住先**：先做着。

個項目來做。

ngo⁵ sêng² men⁶　fu⁶ gin² lug⁶ men⁶ gün² diu⁶ ca⁴ gid³

7.　我　想　問，《附　件　六 · 問　卷　調　查　結

我想問,《附件六 · 問卷調查結

guo² mou⁵ zo² men⁶ gün² yun⁴ gin² hei⁶ m⁴ hei⁶ ho²

果　》有　咗　問　卷　原　件，係　唔　係　可

果》沒有了問卷原件,是否可以把問卷的問題

yi⁵ bou² cung¹ fan¹

以　補　充　返？　　　　**返**：回。

補回來?

mou⁵ men⁶ tei⁴ ngo⁵ zên⁶ fai³ bou² fan¹

8. 冇 問 題 ， 我 儘 快 補 返 。

　　沒問題，我補儘快補回。

配詞練習

✍ 請把各個句子按所提供用詞以粵語讀出。

gem² tei²　　　men⁶ tei⁴

1. 咁 睇 ＿＿＿＿ 問 題 。

mou⁴ med¹ hou² dai⁶ yeo⁵
（ 無 乜 / 好 大 / 有 ）

néi¹ go³ zou⁶ fad³ m⁴

2. 呢 個 做 法 唔＿＿＿＿ 。

ho² heng⁴ to⁵ wen² zen⁶
（ 可 行 / 妥 / 隱 陣 ）

m⁴ goi¹ tung⁴ ngo⁵ déi⁶ bou² cung¹ fan¹

3. 唔 該 同 我 哋 補 充 返 ＿＿＿＿ 。

ji¹ liu² men⁴ gin² fu⁶ gin²
（資 料 / 文 件 / 附 件 ）

ngo⁵ nem² dai⁶ ga¹ yeo⁵ di¹　　　ngo⁵ zoi³ gai² xig¹ yed¹ ha⁵

4. 我 諗 大 家 有 啲＿＿＿＿ ， 我 再 解 釋 一 下 。

m⁴ léi⁵ gai² m⁴ qing¹ co² ng⁶ wui⁶
（唔 理 解 / 唔 清 楚 / 誤 會 ）

145

詞彙 13.1 會議常見用詞

召開會議	jiu⁶ hoi¹ wui⁶ yi⁵	會議通知	wui⁶ yi⁵ tung¹ ji¹	議事項目	yi⁵ xi⁶ hong⁶ mug⁶
議題	yi⁵ tei⁴	議案	yi⁵ on³	提案	tei⁴ on³
議程	yi⁵ qing⁴	流程	leo⁴ qing⁴	程序	qing⁴ zêü⁶
議事文件	yi⁵ xi⁶ men⁴ gin²	機密文件	géi¹ med⁶ men⁴ gin²	文件編號	men⁴ gin² pin¹ hou⁶
附件	fu⁶ gin²	記錄	géi³ lug⁶	參加	cam¹ ga¹
出席	cêd¹ jig⁶	缺席	küd³ jig⁶	列席	lid⁶ jig⁶
主席	ju² jig⁶	秘書	béi³ xu¹	歡迎	fun¹ ying⁴
發言	fad³ yin⁴	報告	bou³ gou³	討論	tou² lên⁶
事項	xi⁶ hong⁶	方案	fong¹ on³	建議	gin³ yi⁵
動議	dung⁶ yi⁵	臨時動議	lem⁴ xi⁴ dung⁶ yi⁵	修訂建議	seo¹ ding³ gin³ yi⁵
表決	biu² küd³	提議	tei⁴ yi⁵	和議	wo⁶ yi⁵
贊成	zan³ xing⁴	反對	fan² dêu³	中立	zung¹ leb⁶
投票	teo⁴ piu³	棄權	héi³ kün⁴	通過	tung¹ guo³
結果	gid³ guo²	議決	yi⁵ küd³	負責部門	fu⁶ zag³ bou⁶ mun⁴
資料補充	ji¹ liu² bou² cung¹	歸納	guei¹ nab⁶	總結	zung² gid³
休息	yeo¹ xig¹	結束	gid³ cug¹	散會時間	san³ wui² xi⁴ gan³

短句練習

試從上述詞彙表，找出合適用語完成下列短句，並以粵語讀出。

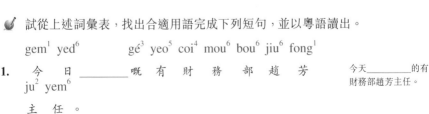

gem¹ yed⁶　　　　ge³ yeo⁵ coi⁴ mou⁶ bou⁶ jiu⁶ fong¹

1. 今　日　＿＿＿＿＿＿　嘅　有　財　務　部　趙　芳
ju² yem⁶

今天＿＿＿＿＿＿的有財務部趙芳主任。

主　任　。

dai⁶ bou⁶ fen⁶ yen⁴ dou¹ teo⁴ zo² 　　　　piu³

2. 大 部 分 人 都 投 咗＿＿＿＿＿ 票 。

大部分人都投了＿＿＿＿＿＿票。

néi¹ go³ hong⁶ mug⁶ zung⁶ hei⁶ ji² sêng⁶ tam⁴ bing¹

3. 呢 個 項 目 仲 係 紙 上 談 兵 ，
méi⁶ 　　　　guo³
未 ＿＿＿＿＿＿ 過 。

這個項目還是紙上談兵，不曾＿＿＿＿＿＿過。

gem¹ qi³ bin¹ go³ hei⁶ 　　　　zou⁶ géi³ lug⁶

4. 今 次 邊 個 係 ＿＿＿＿＿＿，做 記 錄 ？

這次誰是＿＿＿＿＿＿＿，做記錄？

ngo⁵ déi⁶ tei² 　　　gé³ xi⁶ hong⁶ sam¹

5. 我 哋 睇 ＿＿＿＿＿＿嘅 事 項 三 。

我們看＿＿＿＿＿＿的事項三。

mui⁵ yen⁴ gé³ 　　　xi⁴ gan³ dai⁶ yêg³ seb⁶ fen¹ zung¹

6. 每 人 嘅 ＿＿＿＿＿＿時 間 大 約 十 分 鐘 。

每人的＿＿＿＿＿＿時間大約十分鐘。

香港日常會議的會議程序

為了溝通、協調及集思廣益，各個機構、組織會定期召開部門、工作小組、專題等會議。上市公司或具規模的機構一般對會議的程序十分講究，這裏我們就以香港最大的僱主 —— 香港特區政府，以他們所採用的開會模式為藍本，簡單介紹會議的基本程序。

會　議　程　序	
議事項目	**內　容**
一、開會詞	介紹此次會議、歡迎新成員、歡迎列席嘉賓、更改議事次序等。
二、通過上次會議記錄	修訂（如有需要）及通過上次會議記錄。

會　議　程　序	
議事項目	**內　　容**
三、報告事項	無需討論，只作報告的事項。
四、前議事項	繼續討論或跟進上次會議的事項。
五、新議事項	在會議中第一次討論的事項。
六、其他事項	未列入議程，臨時提出的討論事項。
七、散會詞	宣布會議結束，也可以對人事動態作惜別、恭賀、致謝等言辭。

配詞練習

✎ (B) 表是會議中的部分發言，試用粵語把各個句子讀出，並就句子的內容分類，把代表句子的英文字母填寫到 (A) 表的會議程序的空格上。

(A) 會議程序

會　議　程　序	
議事項目	**發　言**
一 . 開會詞	
二 . 通過上次會議記錄	
三 . 報告事項	
四 . 前議事項	
五 . 新議事項	
六 . 其他事項	
七 . 散會詞	

(B) 會議發言

	會 議 發 言
(a)	fun¹ ying⁴ dai⁶ ga¹ cêd¹ jig⁶ N gung¹ xi¹ hong¹ tei² wui⁶ wei² yun⁴ 歡　迎　大　家　出　席　N　公　司　康　體　會　委　員 wui² bun² nin⁴ dou⁶ dei⁶ ced¹ qi³ gé³ wui⁶ yi⁵ 會　本　年　度　第　七　次　嘅　會　議。
(b)	gung¹ xi¹ pei¹ zo² zêng¹ yi⁶ leo² sam¹ hou⁶ fong² béi² ngo⁵ déi⁶ 公　司　批　咗　將　二　樓　三　號　房　畀　我　哋 wui² zou⁶ wud⁶ dung⁶ sed¹ 會　做　活　動　室。
(c)	lei⁵ ben² bao¹ lêu⁵ min⁶　yeo⁵ yed¹ bao¹ jig¹ xig⁶ yin³ meg⁶ zug¹ 禮　品　包　裹　面，　有　一　包　即　食　燕　麥　粥 tung⁴ lêng⁵ bao¹ yin³ meg⁶ kug¹ kéi⁴ béng²　dai⁶ ga¹ ying⁶ wei⁴ 同　兩　包　燕　麥　曲　奇　餅，　大　家　認　為 geo³ m⁴ geo³ 夠　唔　夠　?
(d)	ngo⁵ sêng² ga¹ yeb⁶ gé³ tou² lên⁶ xi⁶ hong⁶ hei⁶ seo¹ dou² dêu³ ngo⁵ 我　想　加　入　嘅　討　論　事　項　係　收　到　對　我 déi⁶ yu⁵ mou⁴ keo⁴ gao³ lin⁶ gé³ teo⁴ sou³ 哋　羽　毛　球　教　練　嘅　投　訴。
(e)	mou⁵ med¹ yé⁵ kéi⁴ ta¹ tou² lên⁶　gem² ngo⁵ déi⁶ san³ wui² lag³ 冇　乜　嘢　其　他　討　論，　咁　我　哋　散　會　嘞。

(f)	ngo⁵ gin³ yi⁵ zêng¹ sêng⁶ qi³ wui⁶ yi⁵ géi³ lug⁶ dei⁶ ng⁵ yib⁶ dei⁶ 我　建　議　將　上　次　會　議　記　錄　第　五　頁　第 yed¹ dün⁶ dei⁶ séi³ hong⁴ gé³　min⁵ fei³ gong² zo⁶　san¹ hêü³ 一　段　第　四　行　嘅「免　費　講　座」刪　去 min⁵ fei³　lêng⁵ go³ ji⁶ 「免　費」兩　個　字。
(g)	sêng⁶ qi³ hoi¹ wui⁶ tung¹ guo³ têü¹ cêd¹ gé³ sen¹ yed¹ kéi⁴　yi⁶ 上　次　開　會　通　過　推　出　嘅　新　一　期「義 gung¹ jiu¹ mou⁶gei³ wag⁶　　ngam¹ ngam¹ jid⁶ zo² ji²　zung² 工　招　募　計　劃」，啱　啱　截　咗　止，總 gung⁶ seo¹ dou² ya⁶ lug⁶ fen⁶ sen¹ qing² 共　收　到　廿　六　份　申　請。
(h)	yed¹ lin⁴ bad³ go³ lei⁵ bai³ zeo² fong² m⁴ tung⁴ gé³ zêng² zé² sé⁵ 一　連　八　個　禮　拜　走　訪　唔　同　嘅　長　者　社 kêu¹ zung¹ sem¹　hei⁶ mei⁶ an¹ pai⁴ deg¹ tai³ med⁶ 區　中　心，係　咪　安　排　得　太　密？
(i)	ngo⁵ déi⁶ yig⁶ hou² fun¹ ying⁴ zan³ zo⁶ sêng¹ wu⁶ Q yêng⁴ hong² 我　哋　亦　好　歡　迎　贊　助　商　戶　Q　洋　行 xi⁵ cêng⁴ ging¹ léi⁵ léi⁵ gin⁶ kêng⁴ xin¹ sang¹ lid⁶ jig⁶ ngo⁵ déi⁶ gé³ 市　場　經　理　李　健　強　先　生　列　席　我　哋　嘅 wui⁶ yi⁵ 會　議。

香港職場粵語常用的英語字詞

會議流程、文書	agenda	議程	notice	通知
	summary	摘要	minutes	記錄
	schedule	時間表	session	場次
	break	休息	issue	議題、問題
	subject	議題	item	事項
	appendix	附錄	handout	（會議）材料
	document	文件	proposal	提議、計劃書
	progress report	進度報告	assessment report	評估報告
	resolution	決議	AOB (any other business)	其他事項
行事	call	召開（會議）	take minutes	做會議記錄
	review	審閱、回顧	go over	檢視
	revise	修訂	amendment	修改
	present	簡報	presentation	簡報
	elaborate	説明	briefing	簡介
	brainstorm	頭腦風暴、集體討論	discuss	討論
	suggest	提議	request	要求
	update	更新	comment	評論
	circulate	傳閱	distribute	分發
	follow up	跟進	defer	延後
	agree	同意	disagree	不同意
	summarise	總結	vote	投票

線上會議	online meeting	線上會議	video conference / video con	視訊會議
	host	主持	co-host	聯席主持
	particpant	與會者	breakout rooms	分組討論區
	mute	靜音	unmute	取消靜音
	microphone/ mic	擴音器	camera/ cam	視像鏡頭
	screen	畫面	share screen	分享畫面
	conection	連線	lag	（連線）滯後
	breaking up	連線斷續	frozen	卡住
	disconnect	斷線	cut off	斷線

語音練習

「開會」

　　粵語「會」字有幾個不同聲調的讀法，令學習粵語人士感到十分困惑。「會」字常用的聲調有三個，「開會」的「會」該唸第幾聲呢？

　　🖊 以下把「會」字按聲調分別配詞列出，注意詞義跟讀音的關係。請聆聽音檔後跟讀。

1. 「會」的不同聲調

聲調	字義	詞　例		
會 wui⁶	集合見面	wui⁶ gin³ 會　見	wui⁶ min⁶ 會　面	wui⁶ heb⁶ 會　合
		dou² wui⁶ 到　會	wui⁶ sou² 會　所	da⁶ wui⁶ tong⁴ 大　會　堂
		wui⁶ yi⁵ 會　議	wui⁶ hag³ sed¹ 會　客　室	da⁶ dou¹ wui⁶ 大　都　會
	理解	wui⁶ yi³ 會　意	ling⁵ wui⁶ 領　會	ng⁶ wui⁶ 誤　會
	時機	géi¹ wui⁶ 機　會	xig¹ fung⁴ kéi⁴ wui⁶ 適　逢　其　會	yen¹ yun⁴ zei³ wui⁶ 因　緣　際　會
	一小段時間	yed⁶ wui⁶ yi⁴ 一　會　兒		
	計算	wui⁶ gei³ 會　計		
會 wui²	集合見面的活動	gung¹ wui² 工　會	gao³ wui² 教　會	wui² yun⁴ 會　員
		hoi¹ wui² yem¹ 開　會　音	ngog⁶ wui² 樂　會	géi² nim⁶ wui² 紀　念　會

聲調	字義	詞　例		
會 wui⁵	懂得	wui⁵ yeo⁴ sêu² 會　游　水	wui⁵ gong² fad³ men⁴ 會　講　法　文	wui⁶ za¹ cé¹ 會　揸　車
	打算做	wui⁵ cêd¹ gai¹ 會　出　街	wui⁵ fan¹ gung¹ 會　返　工	
		wui⁵ hêu³ lêu⁵ heng⁴ 會　去　旅　行		

🖊 請參考上表，用粵語讀出下列的句子。

1. 會員大會係幾時舉行？

2. 你會唔會去開會？

3. 會所有一個會議室。

4. 我有機會就會去旅行。

5. 我本來有機會做會計師。

6. 佢去大會堂聽音樂會。

2.「會」的變調

「變調」是粵語一個常見的現象，就是口頭說話的時候，把字音由原來的聲調改變。粵語變調常見的是將低聲調講成高聲調，令字詞聽起來更加響亮。這當然不是每一個字都可以隨便去改，而是經過長久的語言變化，使大家普遍接受一些字詞的改變。

變調多出現在原先要讀陽平聲即第四聲，或陽去聲即第六聲的字，提高的聲調，大部分都改成陰上聲即第二聲。

回看上一節「會」字不同字義的聲調表，作集合見面解的讀第六聲，如「會見」「會議」，而同一個意思但用於活動或羣體的則讀第二聲，如「開會」「工會」，這正好就是一個變調的例子。

下面是一些粵語由第六聲變調為第二聲的常見字例（加粗部分為變調讀音）。

原調（第六聲）		變調（第二聲）	
夜	yé⁶	揢夜	ngai⁴ **yé²**
隊	dêü⁶	排隊	pai⁴ **dêü²**
話	wa⁶	電話	din⁶ **wa²**
辦	ban⁶	幫辦	bong¹ **ban²**
弟	dei⁶	徒弟	tou⁴ **dei²**
亂	lün⁶	亂嚟	**lün²** lei⁴
面	min⁶	冚面	béi² **min²**
帽	mou⁶	戴帽	dai³ **mou²**
味	méi⁶	燒味	xiu¹ **méi²**

第十四課 會議簡報

在職場日常工作當中，用簡報方式開會今天已經十分普遍，簡報 (presentation) 主要是通過投影片 (slide) 的輔助，點列式編排內容，把資料圖像化或影像化，有聲有畫地展現人前，令人易於理解及留下深刻印象。

這樣，無論是公司內部的工作報告，企業之間的合作項目，或機構面向公眾的發布會，簡報已是各種會議中最常用上的一種表達形式。

由於簡報的內容十分廣泛，有關會議的性質也形形色色，本課就順着一般的簡報流程，介紹有關的詞彙和句式。

例句（一）開場及內容介紹

1. ngo⁵ hei⁶ xin¹ kêu¹ gung¹ xi¹ gé³ ying⁴ wen⁶ zung² gam¹ Martin zêng¹
   我　係　先　驅　公　司　嘅　營　運　總　監　Martin　張，
   我是先驅公司的營運總監 Martin 張，

   hou² hoi¹ sem¹ gem¹ yed⁶ yiu³ tung⁴ dai⁶ ga¹ gai³ xiu⁶ ngo⁵ déi⁶ gé³ ji³
   好　開　心　今　日　要　同　大　家　介　紹　我　哋　嘅　智
   很高興今天會向大家介紹我們的智

   neng⁴ ga³ sei² hei⁶ tung²
   能　駕　駛　系　統。
   能駕駛系統。

ngo⁵ hei⁶ xi⁵ cêng⁴ bou⁶ gé³ Ada yi¹ ga¹ tung⁴ dai⁶ ga¹ wui⁶ bou³ ngo⁵

2. 我　係　市　場　部　嘅　Ada，依　家　同　大　家　匯　報　我

我是市場部的 Ada，現在向大家匯報我

déi⁶ guong² zeo¹ fen¹ hong² hei² sêng⁶ bun³ nin⁴ gé³ yib⁶ mou⁶ fad³ jin²

哋　廣　州　分　行　喺　上　半　年　嘅　業　務　發　展。

們廣州分行在上半年的業務發展。

néi¹ dou⁶ ngo⁵ têü¹ gai³ yed¹ go³ lêu⁵ yeo⁴ hong⁶ mug⁶　gem¹ din⁶ dib⁶

3. 呢　度　我　推　介　一　個　旅　遊　項　目　——　金　殿　疊

這裏我推介一個旅遊項目 —— 金殿疊

ying² mou⁵ dong¹ san¹

　影　武　當　山。

影武當山。

néi¹ go³ hong⁶ mug⁶ yeo⁵ sam¹ dai⁶ ju² tei⁴

4. 呢　個　項　目　有　三　大　主　題。

這個項目有三大主題。

ngo⁵ gé³ bou³ gou³ fen¹ xing⁴ séi³ go³ bou⁶ fen⁶

5. 我　嘅　報　告　分　成　四　個　部　分。

我的報告分成四個部分。

ngo⁵ xin¹ gong² ha⁶ ngo⁵ gé³ noi⁶ yung⁴ zung⁶ dim² dai⁶ ga¹ tei² tei⁵

6. 我　先　講　下　我　嘅　內　容　重　點，大　家　睇　睇

我先說一說我的內容重點，大家看看

powerpoint sêng⁶ min⁶ gé³ ng⁵ go³ zung⁶ dim²

powerpoint 上　面　嘅　五　個　重　點。

powerpoint 上面的五個重點。

7.

我	先	講	一	下	我	哋	計	劃	嘅	目	標。
ngo^5	xin^1	gong^2	yed^1	ha^5	ngo^5	déi^6	gei^3	wag^6	gé^3	mug^6	biu^1

我先說一說我們計劃的目標。

8.

我	嘅	討	論	分	成	三	個	部	分。	首	先，	香	港
ngo^5	gé^3	tou^2	lên^6	fen^1	xing^4	sam^1	go^3	bou^6	fen^6	seo^2	xin^1	hêng^1	gong^2

我的討論分成三個部分，首先，香港

人	點	解	咁	鍾	意	飲	咖	啡？	第	二，	點	樣	可	以
yen^4	dim^2	gai^2	gem^3	zung^1	yi^3	yem^2	ga^3	fé^1	dei^6	yi^6	dim^2	yêng^2	ho^2	yi^5

人為甚麼這麼喜歡喝咖啡，第二，怎樣可以

製	作	一	杯	優	質	咖	啡？	第	三	就	係	我	哋	公
zei^3	zog^3	yed^1	bui^1	yeo^1	zed^1	ga^3	fé^1	dei^6	sam^1	zeo^6	hei^6	ngo^5	déi^6	gung^1

製作一杯優質咖啡，第三就是我們公司

司	嘅	咖	啡	機	租	用	服	務	點	解	咁	受	歡	迎？
xi^1	gé^3	ga^3	fé^1	géi^1	sam^1	yung^6	fug^6	mou^6	dim^2	gai^2	gem^3	seo^6	fun^1	ying^4

的咖啡機為甚麼這樣受歡迎。

喺	結	束	前	會	有	十	分	鐘	嘅	問	答	時	間。
hei^2	gid^3	cug^1	qin^4	wui^5	yeo^5	seb^6	fen^1	zung^1	gé^3	men^6	dab^3	xi^4	gan^3

在結束前會有十分鐘的問答時間。

配詞練習

請把各個句子按所提供的用詞以粵語讀出。

1.

＿＿＿＿	大	家	嚟	到	我	哋	嘅	新	聞	發	佈	會。
dai^6	ga^1	lei^4	dou^3	ngo^5	déi^6	gé^3	sen^1	men^4	fad^3	bou^3	wui^2	

fun¹ ying⁴ do¹ zé⁶ hou² hoi¹ sem¹
（ 歡　迎 / 多　謝 / 好　開　心 ）

hou² do¹ zé⁶ dai⁶ ga¹　　　ngo⁵ déi⁶ gé³ gan² bou³ wui²
2.　好　多　謝　大　家 ＿＿＿＿＿ 我　哋　嘅　簡　報　會 。

cêd¹ jig⁶ cam¹ ga¹ lei⁴ dou³
（ 出　席 / 參　加 / 嚟　到 ）

néi¹ go³　　　yeo⁵ sam¹ dai⁶ ju² tei⁴
3.　呢　個 ＿＿＿＿＿ 有　三　大　主　題 。

hong⁶ mug⁶ wud⁶ dung⁶ qid³ gei³
（ 項　目 / 活　動 / 設　計 ）

ngo⁵ yiu³ tung⁴ gog³ wei²　　　néi¹ go³ yi¹ liu⁴ gei³ wag⁶
4.　我　要　同　各　位 ＿＿＿＿＿ 呢　個　醫　療　計　劃 。

gai³ xiu⁶ têü¹ jin³ gong² gai²
（ 介　紹 / 推　薦 / 講　解 ）

diu⁶ ca⁴ hin² xi⁶　mug⁶ qin⁴ gung¹ zung³ zêu³ guan¹ sem¹ gé³ men⁶ tei⁴
5.　調　查　顯　示 ， 目　前　公　眾　最　關　心　嘅　問　題 ，

tung¹ fo³ pang⁴ zêng³　yi¹ liu⁴　géi¹ ceng⁴ zên¹ tib³　fong⁴ ug¹ tung⁴ gung¹
　通　貨　膨　脹 、 醫　療 、 基　層　津　貼 、 房　屋　同　公

gung⁶ wei⁶ seng¹
　共　衛　生 。

fen¹ bid⁶ hei⁶ yi¹ qi³ wei⁴ bao¹ kud³ yeo⁵

（ 分 別 係/依 次 為 / 包 括 有 ）

例句（二）資料講述

ngo⁵ déi⁶ tei² yed¹ tei² tou⁴ biu² sêng⁶ gé³ sou³ gêu³

1. 我 哋 睇 一 睇 圖 表 上 嘅 數 據 。

我們看看圖表上的數據。

qun⁴ keo⁴ gong³ tid³ sêu¹ keo⁴ lêng⁶ dou³ 2050 nin⁴ zêng¹ zeng¹ zêng²

2. 全 球 鋼 鐵 需 求 量 到 2050 年 將 增 長

全球鋼鐵需求量到 2050 年將增長

30%

30%。

30%。

dai⁶ ga¹ tei² tei² go³ tou⁴ biu² hei² néi¹ lêng⁵ go³ yud⁶ bun² gong² hei⁶

3. 大 家 睇 睇 個 圖 表 ， 喺 呢 兩 個 月 ， 本 港 係

大家看看這個圖表，在這兩個月，本港沒

mou⁵ noi⁶ déi⁶ sam¹ men⁴ yu² zên³ heo² gé³ géi³ lug⁶

冇 內 地 三 文 魚 進 口 嘅 記 錄 。

有內地三文魚進口的紀錄。

teo⁴ xin¹ gé³ ying² pin² gong² gai² zo² kéi⁵ yib⁶ zên³ heng⁴ tan³ dei²

4. 頭 先 嘅 影 片 ， 講 解 咗 企 業 進 行 「 碳 抵

剛才的影片，講解了企業進行「碳抵

wun⁶ gé³ bou⁶ zao⁶

換　」嘅　步　驟　。

換」的步驟。

ung² gei³ sou³ ji⁶ hin² xi⁶　bun² gong² coi⁴ fung⁴ yib⁶ xi⁵ cêng⁴ jing³

5.　統　計　數　字　顯　示，本　港　裁　縫　業　市　場　正

統計數字顯示，本港裁縫業市場正

min⁶ lem⁴ yim⁴ zung⁶ gé³ seo¹ sug¹

面　臨　嚴　重　嘅　收　縮　。

面臨嚴重的收縮。

néi¹ go³ xi⁵ cêng⁴ géi¹ fu⁴ yeo⁴ A gung¹ xi¹ tung⁴ B gung¹ xi¹ gua¹ fen¹

6.　呢　個　市　場　幾　乎　由　A　公　司　同　B　公　司　瓜　分，

這個市場幾乎由 A 公司和 B 公司瓜分，

geo⁶ nin² A hei⁶ 63%　gou¹ guo³ 37% gé³ B　dan⁶ hei⁶ C gung¹ xi¹ zên³

舊　年　A　係　63%，高　過　37% 嘅 B，但　係　C　公　司　進

去年 A (佔) 63%，比 (佔) 37% 的 B 公司高，但是 C 公司進

ju³ xi⁵ cêng⁴ ji¹ heo⁶　B wei⁴ qi⁴ xi⁵ jim³ lêd² 37% bed¹ bin³　A zeo⁶

駐　市　場　之　後，B　維　持　市　佔　率　37%　不　變，A　就

駐市場之後，B 維持市佔率 37% 不變，A 便

ha⁶ gong³ dou³ 43%　go² 20% zeo⁶ hêu³ zo² C go² dou⁶

下　降　到　43%，嗰　20%　就　去　咗　C　嗰　度　。

下降到 43%，那 20% 便去了 C 那裏。

配詞練習

請把各個句子按所提供的用詞以粵語讀出。

1.　大　家　睇　下　屏　幕　上　嘅　_____　圖　表　。
dai⁶ ga¹ tei² ha⁵ ping⁴ mog⁶ sêng⁶ gé³　　tou⁴ biu²

（　統　計　/ 數　據　/ 資　料　）
tung² gei³ sou³ gêu³ ji¹ liu²

2.　大　家　請　睇　下　手　上　嘅　小　冊　子，第　一　版　就
dai⁶ ga¹ céng² tei² ha⁶ seo² sêng⁶ gé³ xiu² cag³ ji² dei⁶ yed¹ ban² zeo⁶

　寫　上　我　哋　公　司　嘅　經　營　_____　。
sé² sêng⁵ ngo⁵ déi⁶ gung¹ xi¹ gé³ ging¹ ying⁴

（　方　針　/ 理　念　/ 目　標　）
fong¹ zem¹ léi⁵ nim⁶ mug⁶ biu¹

3.　我　哋　逐　步　睇　下　申　請　嘅　_____　。
ngo⁵ déi⁶ zug⁶ bou⁶ tei² ha⁵ sen¹ qing² gé³

（　手　續　/ 步　驟　/ 程　序　）
seo² zug⁶ bou⁶ zao⁶ qing⁴ zêu⁶

4.　_____　顯　示，有　四　成　嘅　網　上　消　費　者　欠
hin² xi⁶ yeo⁵ séi³ xing⁴ gé³ mong⁵ sêng⁶ xiu¹ fei³ zé² him³

　缺　理　財　嘅　觀　念　。
küd³ léi⁵ coi⁴ gé³ gun¹ nim⁶

tung² gei³ sou³ gêü³ diu⁶ ca⁴ bou³ gou³ yin⁴ geo³ gid³ guo²
（ 統 計 數 據 / 調 查 報 告 / 研 究 結 果 ）

hei² wan⁴ bou² men⁶ tei⁴ sêng⁶ ngo⁵ déi⁶ wui⁵　　　　yi⁵ ha⁶ sam¹
5. 喺 環 保 問 題 上 ， 我 哋 會 ＿＿＿＿＿ 以 下 三

go³ yun⁴ zeg¹
個 原 則 。

bing² qi⁴ gin¹ qi⁴ gen² seo²
（ 秉 持 / 堅 持 / 緊 守 ）

例句（三）進路與作結

gai³ xiu⁶ bed¹ jig¹ bin⁶ xig¹ hei⁶ tung² ji¹ qin⁴ ngo⁵ déi⁶ tei² ha⁵ kêu⁵
1. 介 紹 「 筆 跡 辨 識 系 統 」 之 前 ， 我 哋 睇 下 佢
介紹「筆跡辨識系統」之前，我們先看看它

gé³ yin⁴ fad³ bui³ ging² xin¹
嘅 研 發 背 景 先 。
的研發背景。

guan¹ yu¹ ben² zed¹ gam¹ hung³ bou⁶ fen⁶ ngo⁵ déi⁶ zeo⁶ gong² dou³
2. 關 於 品 質 監 控 部 分 我 哋 就 講 到
關於品質監控部分我們就說到

néi¹ dou⁶
呢 度 。
這裏。

3.　跟　住　落　嚟，我　哋　睇　下　批　發　商　嘅　反　應。

gen¹ ju⁶ log⁶ lei⁴ ngo⁵ déi⁶ tei² ha⁵ pei¹ fad³ sêng¹ gé³ fan² ying³

接下來，我們看看批發商的反應。

4.　再　落　嚟，我　哋　睇　下　零　售　商　嘅　反　應。

zoi³ log⁶ lei⁴ ngo⁵ déi⁶ tei² ha⁵ ling⁴ seo⁶ sêng¹ gé³ fan² ying³

再下來，我們看看零售商的反應。

5.　除　此　之　外，就　係　物　流　貨　運　嘅　因　素，亦　係

cêu⁴ qi² ji¹ ngoi⁶ zeo⁶ hei⁶ med⁶ leo⁴ fo³ wen⁶ gé³ yen¹ sou³ yig⁶ hei⁶

除此之外，就是物流貨運的因素，也是

接　落　嚟，我　要　講　嘅　部　分。

jib³ log⁶ lei⁴ ngo⁵ yiu³ gong² gé³ bou⁶ fen⁶

接下來我要說的部分。

6.　結　束　之　前，我　扼　要　再　講　下　頭　先　提　出　嘅

gid³ cug¹ ji¹ qin⁴ ngo⁵ eg¹ yiu³ zoi³ gong² ha⁶ teo⁴ xin¹ tei⁴ cêd¹ gé³

結束之前，我扼要地再說一說剛才提出的

三　大　問　題。

sam¹ dai⁶ men⁶ tei⁴

三大問題。

7.　最　後，我　想　總　結　一　下　我　嘅　論　點。

zêu³ heo⁶ ngo⁵ sêng² zung² gid³ yed¹ ha⁵ ngo⁵ gé³ lên⁶ dim²

最後，我想總結一下我的論點。

8.　大　家　有　冇　咩　問　題？歡　迎　提　問。

dai⁶ ga¹ yeo⁵ mou⁵ mé¹ men⁶ tei⁴　fun¹ ying⁴ tei⁴ men⁶

大家有沒有甚麼問題？歡迎提問。

配詞練習

請把各個句子按所提供的用詞以粵語讀出。

1. _____ 我 會 介 紹 產 品 嘅 特 性，_____ 我 會
ngo⁵ wui⁵ gai³ xiu⁶ can² ben² gé³ deg⁶ xing³　ngo⁵ wui⁵

講 產 品 嘅 功 能，_____ 我 會 同 大 家 睇
gong² can² ben² gé³ gung¹ neng⁴　ngo⁵ wui⁵ tung⁴ dai⁶ ga¹ tei²

下 產 品 喺 市 場 嘅 優 勢。
ha⁵ can² ben² hei² xi⁵ cêng⁴ gé³ yeo¹ sei³

（ 首 先、然 後、最 後／喺 開 始 嘅 部 分／
seo² xin¹ yin⁴ heo⁶ zêu³ heo⁶ hei² hoi¹ qi² gé³ bou⁶ fen⁶

第 二 部 分／第 三 部 分 ）
dei⁶ yi⁶ bou⁶ fen⁶ dei⁶ sam¹ bou⁶ fen⁶

2. 我 _____ 一 下 頭 先 討 論 嘅 要 點。
ngo⁵　yed¹ ha⁵ teo⁴ xin¹ tou² lên⁶ gé³ yiu³ dim²

（ 總 結／綜 合／歸 納 ）
zung² gid³ zung³ heb⁶ guei¹ nab⁶

3. _____之 前，我 問 下 大 家 有 冇 問 題 先？
ji¹ qin⁴ ngo⁵ men⁶ ha⁶ dai⁶ ga¹ yeo⁵ mou⁵ men⁶ tei⁴ xin¹

（ 結 束／完 結／散 會 ）
gid³ cug¹ yun⁴ gid³ san³ wui²

dai⁶ ga¹ dêu³　　　　so² gong² gé³ yeo⁵ mou⁵ mé¹ men⁶ tei⁴

4.　大　家　對 _____ 所　講　嘅　有　冇　咩　問　題？

yi⁵ sêng⁶ ji¹ qin⁴ tco⁴ xin¹
（以　上／之　前／頭　先）

dai⁶ ga¹ dêu³ ngo⁵ ngam¹ ngam¹ gong² gé³ noi⁶ yung⁴ yeo⁵ mou⁵

5.　大　家　對　我　啱　啱　講　嘅　內　容　有　冇 _____？

men⁶ tei⁴ yi³ gin³ bou² cung¹
（問　題／意　見／補　充）

粵語通通識

比較句　在比較句子形式中，粵語用「過」而不用「比」，語序也跟普通話的不同，
例如：

我今年嘅業績高過舊年。　　　　我今年的業績比去年高。

物價受租金嘅影響大過其他因素。　物價受租金的影響比其他因素大。

在粵語句子中，形容詞置於「過」之前，上述例子是「高過」「大過」；而
普通話句子形容詞則放在「比」和比較對象之後，上述例子是「比去年高」
「比其他因素大」。

先字句　粵語句式會把副詞「先」放在動詞之後，與普通話的放在動詞前面不同，
例如：

我哋睇下今日嘅嘉賓名單自先。　　我們先看看今天的嘉賓名單。

我講下個計算方法先。　　　　　　我先説説計算的方法。

其他「快」「多」「少」等副詞，在粵語句式也是放在在動詞後面，例如：

你行快幾步啦。　　　　　　　　　你快走幾步吧。

希望你畀多啲意見。　　　　　　　希望你多給意見。

我派少咗一份獎品。　　　　　　　我少派了一份獎品。

語音練習

粵音變調

　　口頭說話的時候，把字音由原來的低聲調說成高聲調，令字詞聽起來更加響亮，這是粵語變調的常見方式。

　　上一課我們談到「變調」是粵語的常見現象，也舉出一些由陽去聲即第六聲，改讀成陰上聲即第二聲的字例。這裏再看其他例子。變調最多出現的，是陽平聲即第四聲的字，大部分也是改做陰上聲即第二聲來唸。

　　以下是一些由第四聲變調為第二聲的字例（加粗部分為變調讀音）。

原調（第四聲）		變調（第二聲）	
園	yun^4	公園	gung^1 **yun^2**
門	mun^4	熱門	yid^6 **mun^2**
樓	leo^4	買樓	mai^5 **leo^2**
牌	pai^4	例牌	lei^6 **pai^2**
縫	fung^4	裁縫	coi^4 **fung^2**
佣	yung^4	佣金	**yung^2** gem^1
年	nin^4	前年	qin^4 **nin^2**
人	yen^4	女人	nêu^5 **yen^2**
魚	yu^4	倉魚	cong^1 **yu^2**
薯	xu^4	蕃薯	fan^1 **xu^2**

　　還有其他變調的情況，下面是由上去聲即第三聲變調為第二聲的字例（加粗部分為變調讀音）。

原調（第三聲）		變調（第二聲）	
鏡	géng^3	眼鏡	ngan^5 **géng^2**
片	pin^3	影片	ying^2 **pin^2**
舖	pou^3	餅舖	béng^2 **pou^2**

原調（第三聲）		變調（第二聲）	
計	gei³	計仔	**gei²** zei²
架	ga³	書架	xu¹ **ga²**

此外，入聲字也有變調的情況，以下是由入聲變調為第二聲的字例（加粗部分為變調讀音）。

原調（入聲）		變調（第二聲）	
帖	tib³	喜帖	héi² **tib²**
拍	pa³	球拍	keo⁴ **pa²**
夾	gab³	髮夾	fad³ **gab²** / **gib²**
物	med⁶	人物	yen⁴ **med²**
局	gug⁶	郵局	yeo⁴ **gug²**
率	lêd⁶	效率	hao⁶ **lêd²**

🥄 試用粵語讀出下列的詞組。

1. 見大人物

2. 魚片薯仔湯

3. 佣金計算方法

4. 市場佔有率

5. 醫院管理局局長

🥄 本課在例句的部分，共 6 個含有變調字音的詞語，試找出來寫在橫線上。

1._____　2._____　3._____

4._____　5._____　6._____

第六章
商務往來篇

第十五課 公司拜訪及邀請

公司拜訪和活動邀請是企業之間，最常見的商務活動。這樣的互動交流，是建立關係的重要一步，並可以增進彼此在企業文化、業務發展等方面的認識，為日後的合作作出鋪墊。

這一個課題的重點是要把約會的安排說得清清楚楚，以及注意言詞上的禮貌表現。

會話（一）公司拜訪

以下會話人物，H 代表公司高層許總，M 代表來訪公司總監 Meilin，F 代表 Fionn，是 Meilin 的下屬。

F　hêu² zung²　zou² sen⁴　ngo⁵ hei⁶ Fionn　néi¹ wei² hei⁶ ngo⁵ déi⁶ gé³
　　許　總，　早　晨！　我　係 Fionn，　呢　位　係　我　哋　嘅
　　許總，早上好！我是 Fionn，這位是我們的

　　ying⁴ wen⁶ zung² gam¹ zéng⁶ méi⁵ lin⁴ xiu² zé²
　　營　運　總　監　鄭　美　蓮　小　姐。
　　營運總監鄭美蓮小姐。

H　zéng⁶ zung² néi⁵ hou²　céng² co⁵　néi⁵ déi⁶ yiu³ ga³ fé¹ ding⁶ ca⁴
　　鄭　總　你　好，　請　坐，　你　哋　要　咖　啡　定　茶？
　　鄭總你好，請坐，你們要咖啡還是茶？

cêu⁴ bin² deg¹ lag³　giu³ ngo⁵ Meilin a¹　néi¹ zêng¹ hei⁶ ngo⁵ gé³

M　隨　便　得　嘞，叫　我　Meilin 吖。　呢　張　係　我　嘅

　隨便好了，叫我 Meilin 吧，這張是我的

kad¹ pin²

　咭　片。

　名片。

hou² wag³　ngo⁵ gé³ kad¹ pin²

H　好　哇，我　嘅　咭　片。

　好的，這是我的名片。

do¹ zé⁶　téng¹ Fionn gong² néi⁵ yeo⁵ hing³ cêu³ zan³ zo⁶ ngo⁵ déi⁶ cêd¹

M　多　謝！聽　Fionn 講　你　有　興　趣　贊　助　我　哋　出

　謝謝！聽 Fionn 説你有興趣贊助我們明

nin² gé³ jun¹ tei⁴ jin² lam⁵

　年　嘅　專　題　展　覽。

　年的專題展覽。

hei⁶　ji¹ qin⁴ ngo⁵ déi⁶ zan³ zo⁶ guo³ hou² do¹ ngei⁶ sêd⁶ tün⁴ tei² gé³

H　係，之　前　我　哋　贊　助　過　好　多　藝　術　團　體　嘅

　是的，從前我們贊助過好些藝術團體的

biu² yin²　gem¹ qi³ sêng² xi³ ha⁶ kéi⁴ ta¹ gé³ wud⁶ dung⁶ ying⁴ xig¹

　表　演，今　次　想　試　下　其　他　嘅　活　動　形　式。

　表演，這次想試試其他的活動形式。

gem² ngo⁵ déi⁶ néi¹ go³ gu² dung² ju¹ bou² jin² ying¹ goi¹ ngam¹ sai³ néi⁵

M　咁　我　哋　呢　個　古　董　珠　寶　展　應　該　啱　晒　你

　那麼我們這個古董珠寶展應該十分符合你

déi⁶ gung¹ xi¹ gou¹guei³ gé³ ying⁴ zêng⁶

哋　公　司　高　貴　嘅　形　　象　。

們公司高貴的形象。

H

ngo⁵ tei² guo³ néi⁵ déi⁶ gé³ zan³ zo⁶ gei³ wag⁶ xu¹　sêng² liu⁵ gai² do¹

我　睇　過　你　哋　嘅　贊　助　計　劃　書，　想　了　解　多

我看過你們的贊助計劃書，想多點了

di¹ seo² jig⁶ zan³ zo⁶ tung⁴ gun³ ming⁴ zan³ zo⁶ gé³ fen¹ bid⁶

啲　首　席　贊　助　同　冠　名　贊　助　嘅　分　別　。

解首席贊助與冠名贊助的分別。

hou²　ngo⁵ hoi¹ yed¹ hoi¹ go³ ping⁴ ban² tung⁴ néi⁵ gai³ xiu⁶　Fionn

M　好，　我　開　一　開　個　平　板　同　你　介　紹　。Fionn，

好，我打開這個平板跟你介紹。Fionn，

m⁴ goi¹ bong¹ ngo⁵ lo² yi⁵ qin⁴ di¹ wud⁶ dung⁶ xiu² cag³ ji² tung⁴ géi²

唔　該　幫　我　攞　以　前　啲　活　動　小　冊　子　同　紀

麻煩幫我拿出以前一些活動小冊子和

nim⁶ ben² béi² hêu² zung² tei² ha⁵ xin¹

念　品　畀　許　總　睇　下　先　。

紀念品，先給許總看看。

配詞練習

請把各個句子按所提供的用詞或指示完成，並以粵語讀出。

ngo⁵ hei⁶ hung⁴ cêng¹ gung¹ xi¹ gé³　　　　　　ngo⁵ yêg³ zo² wong⁴

1. 我　係　洪　昌　公　司　嘅（自己姓名），我　約　咗　王

ji³ wa⁴ ging¹ léi⁵

志　華　經　理　。

céng² men⁶ ngo⁵ yeo⁵ mou⁵

2. 請　問　你　有　冇 _____ ？

kad¹ pin² ming⁴ pin² yu⁶ yêg³
（咭　片 / 名　片 / 預　約）

ngo⁵ yiu³ yem² med¹ yé⁵　　yeo⁵　　　　tung⁴

3. 你　要　飲　乜　嘢？　有 _____ 同 _____ 。

nai⁵ ca⁴ ga³ fé¹ pou² néi² wu¹ lung² hung⁴ ca⁴ lug⁶ ca⁴
（奶　茶 + 咖　啡 / 普　洱 + 烏　龍 / 紅　茶 + 綠　茶）

gem¹ yed⁶ ngo⁵ hei⁶ sêng² king¹ ha⁶ ngo⁵ déi⁶ gé³

4. 今　日　我　係　想　傾　下　我　哋　嘅 _____ 。

heb⁶ zog³ gei³ wag⁶ gung¹ qing⁴ zên³ dou⁶ xun¹ qun⁴ cag³ lêg⁶
（合　作　計　劃 / 工　程　進　度 / 宣　傳　策　略）

ngo⁵ sêng² liu⁵ gai² do¹ di¹ néi¹ go³　　　　gé³

5. 我　想　了　解　多　啲　呢　個 _____ 嘅 _____ 。

fong¹ on³ noi⁶ yung⁴ bou³ gou³ ji¹ liu² diu⁶ ca⁴ gen¹ gêü³
（方　案 + 內　容 / 報　告 + 資　料 / 調　查 + 根　據）

deng² ngo⁵ cêng⁴ sei³ tung⁴ néi⁵ gai³ xiu⁶ yed¹ ha⁵ ngo⁵ déi⁶　　　　gé³

6. 等　我　詳　細　同　你　介　紹　一　下　我　哋 _____ 嘅

_____ 。

gung¹ xi¹ fug⁶ mou⁶ géi¹ keo³ bui³ ging² can² ben² gung¹ neng⁴

（公　司＋服　務／機　構＋背　景／產　品＋功　　能）

會話（二）活動邀請

以下會話人物，H 代表公司高層許總，M 代表來訪公司總監 Meilin，F 代表 Fionn，是 Meilin 的下屬。

ha⁶ go³ yud⁶ yi⁶ seb⁶ hou⁶ hei⁶ ngo⁵ déi⁶ gung¹ xi¹ annual dinner　　yeo⁵

H　下　個　月　二　十　號　係　我　哋　公　司 annual dinner，　有

　　下月二十號是我們公司的週年晚宴，有

mou⁵ xi⁴ gan³ yed¹ cei⁴ lei⁴ wan²　　ngo⁵ déi⁶ yeo⁵ ceo¹ zêng² tung⁴ hou²

　　冇　時　間　一　齊　嚟　玩？　我　哋　有　抽　獎　同　好

　　沒有時間過來一起玩？我們有抽獎和很

do¹ biu² yin² jid³ mug⁶

多　表　演　節　目　。

多表演節目。

ngo⁵ check yed¹ check go³ schedule　　OK a³

M　我　check　一　check　個 schedule，　OK 呀。

　　我看看我那工作日程，可以呢。

gem² Fionn né¹　　tung⁴ mai⁴ Meilin yed¹ cei⁴ lei⁴ la¹

H　咁　Fionn　呢？　同　埋　Meilin　一　齊　嚟　啦。

　　那 Fionn 呢？和 Meilin 一起來吧。

hou²　　do¹ zé⁶　　ngo⁵ tung⁴ Meilin yed¹ cei⁴ dou³

F　好　，　多　謝　。　我　同　Meilin　一　齊　到　。

　　好的，謝謝。我和 Meilin 一起到。

H　yiu¹ qing² kad¹ méi⁶ yen³ héi²　qi⁴ ha⁶ ngo⁵ béi³ xu¹ bou² fan¹ send béi²
　　邀　請　咭　未　印　起，　遲　下　我　秘　書　補　返　send　畀
　　邀請卡沒印好，稍後我秘書補寄給

néi⁵ déi⁶
你　哋　。
你們。

M　hou² do¹ zé⁶ néi⁵ gé³ yiu¹ qing²　hei² bin¹ dou⁶ gêu² heng⁴ a³
　　好　多　謝　你　嘅　邀　請，　喺　邊　度　舉　行　呀？
　　十分感謝你的邀請，在哪兒舉行呢？

H　ngo⁵ déi⁶ nin⁴ nin⁴ dou¹ hei² wui⁶ jin² gao² ga³ lag³　lug⁶ dim² hoi¹ qi²
　　我　哋　年　年　都　喺　會　展　搞　㗎　嘞，　六　點　開　始
　　我們年年都在會展辦的呢，六點開始

yeo⁵ go³ zeo² wui²　dou³ xi⁴ zou² di¹ dou³　king¹ ha⁶ gei² la¹
有　個　酒　會，　到　時　早　啲　到，　傾　下　偈　啦。
有一個酒會，到時候早點到，聊聊天吧。

M　hou² do¹ zé⁶ sai³　dou³ xi⁴ gin³
　　好，多　謝　晒，　到　時　見　。
　　好的，謝謝，到時見。

詞彙 15.1 活動邀請

請柬	céng² gan²	邀請咭	yiu¹ qing² kad¹	邀請函	yiu¹ qing² ham⁴
參觀	cam¹ gun¹	參加	cam¹ ga¹	坐	co⁵
光臨	guong¹ lem⁴	捧場	pung² cêng⁴	支持	ji¹ qi⁴

表演	biu² yin²	唱歌	cêng³ go¹	遊戲	yeo⁴ héi³
節目	jid³ mug⁶	抽獎	ceo¹ zêng²	獎品	zêng² ben²
禮品	lei⁵ ben²	貴賓	guei³ ben¹	嘉賓	ga¹ ben¹
迎新會	ying⁴ sen¹ wui²	歡送會	fun¹ sung³ wui²	音樂會	yem¹ ngog⁶ wui²
午餐會	ng⁵ can¹ wui²	演講會	yin² gong² wui²	宴會	yin³ wui⁶
電影晚會	din⁶ ying² man⁵ yin³	慈善晚會	qi⁴ xin⁶ man⁵ yin³	周年晚宴	zeo¹ nin⁴ man⁵ yin³

短句及配詞練習

🥄 試從詞彙表 15.1，找出合適用語（可多於一項），或從題目括號中按所提供的詞語，把句子完成，並以粵語讀出。

ting¹ man⁵ gé³ yem¹ ngog⁶ wui² ngo⁵ yeo⁵ fen² biu²

1. 聽　晚　嘅　音　樂　會　我　有　份　表

明晚的音樂會我有份演出，你有沒有時間過來＿＿＿＿＿？

yin² néi⁵ yeo⁵ mou⁵ xi⁴ gan³ guo³ lei⁴

演，你　有　冇　時　間　過　嚟＿＿＿＿＿？

néi¹ seo¹ dou² ngo⁵ déi⁶ man⁵ wui² gé³

2. 你　收　到　我　哋　晚　會　嘅＿＿＿＿＿

你收到了我們晚會的＿＿嗎？

méi⁶

未　？

néi⁵ hei⁶ ngo⁵ déi⁶ gé³　　　　　geng² hei⁶ m⁴sei²

3. 你　係　我　哋　嘅＿＿＿＿＿，梗　係　唔　使

你是我們的＿＿＿＿＿，當然不用買票。

mai⁵ féi¹

買　飛。

do¹ zé⁶ yiu¹ qing² ngo⁵ yed¹ ding⁶ 　　　　dou³

4. 多　謝　邀　請　，我　一　定　_____　，到

謝謝邀請，我一定_____，
到時候見！

xi⁴ gin³

時　見　！

m⁴ hou² yi³ xi¹ ngo⁵ go² man⁵ ling⁶ ngoi⁶ yeo⁵ xi⁶

5. 唔　好　意　思　，我　嗰　晚　另　外　有　事

不好意思，我那晚另外
已有事安排了，沒法去
你們的_____。

on¹ pai⁴ zo² lei⁴ m⁴ dou³ néi⁵ déi⁶ gé³

安　排　咗　，嚟　唔　到　你　哋　嘅_____。

wag⁶ zé² ngo⁵ zou² di¹ guo³ lei⁴ 　　　　tung⁴

6. 或　者　我　早　啲　過　嚟_____　，同

或者我早點過來_____，
跟大家打個招呼。

dai⁶ ga¹ da² go³ jiu¹ fu¹

大　家　打　個　招　呼　。

ngo⁵ déi⁶ bed¹ yu⁴ on¹ pai⁴ ha⁶ yed¹ go³ wui² cêng⁴

7. 我　哋　不　如　安　排　下　一　個　會　，詳

sei³ zoi³

細　再　_____　。

king¹ yin⁴ geo³ gao¹ leo⁴

（傾／研　究／交　流）

ngo⁵ tei² ha⁵ géi² xi⁴ 　　　　yed¹ cei⁴ hêu³ nam⁴ sa¹ tei²

8. 你　睇　下　幾　時_____　？一　齊　去　南　沙　睇

ngo⁵ déi⁶ gé³ seng¹ can² xin³

我　哋　嘅　生　產　線　。

deg^1 han^4 yeo^5 xi^4 gan^3 fong^1 bin^6

（得　閒／有　時　間／方　便）

香港地粵語

粵語英語化：拆開英語詞彙作粵語運用

在第三章第九課的「香港粵語的英語化現象」內，說到粵語會把英語詞彙套用到粵語句式上去，本課的會話（二）內，便有一個最為香港上班一族掛在口邊的句子：「check 一 check 個 schedule」，用粵語說是「睇一睇我個日程表」。

「check」意思是「檢查」，比「睇」要嚴謹，所以看也好，查也好，職場上很喜歡用 check，其他經常用的句式還有：

get 到 get 未？	／明白未？	明白嗎？
work 唔 work？	／可唔可行？	可行嗎？
friend 唔 friend？	／算唔算老友？	算是很熟的朋友嗎？
load 一 load 先	／（等電腦）下載一下先	（讓電腦）先下載一下
hold 一 hold 住	／停一停	停下來

還有把英語詞彙拆開來用：

con 唔 confirm 到？	／確唔確認到？	是否可以確認？
up 唔 update 到？	／更唔更新到？	是否可以更新？
ah 唔 agree？	／同唔同意？	同意嗎？
clo 唔 close (file)？	／（檔案）完結未？	（把檔案）終止嗎？

由於粵語是一音一字的說，把英語套進句子使用的時候，自然會把多音節的英語詞彙按音節拆開，然後又視拆開的音節為一個個字音來唸，這是一個特殊的現象，也形成了中英混雜的香港粵語的特色。

香港地方名字的簡稱

會話（一）提到的「會展」，是「香港會議展覽中心」的簡稱，像這樣慣用簡稱的地方還有很多，常用的茲列舉如下：

全稱	簡稱
九龍灣國際展貿中心	九展
香港政府大球場	大球場
香港體育館	紅館
伊利沙伯體育館	伊館
高等法院	高院
維多利亞公園	維園
九龍公園	九公
天壇大佛	大佛
蘭桂坊	老蘭

註：這些簡稱都只流行於口語，並不為正式的文件所採用。

語音練習

文白異讀：「請」和「聽」

　　粵語存在不少一字多音的現象，文白異讀是其中一個原因。所謂文是指書面音，又稱正讀；白是口語音，又稱俗讀。文白異讀也是產生變調的其中一個原因，但文白異讀不僅只有聲調上的變化。

　　課文中的「請」字，説「負荊請罪」「為民請命」「不情之請」，「請」讀 qing^2；「請等一等」「請起筷」「請客」「請人」「請求」「請假」「邀請」「申請」，讀 qing^2 或 céng^2 也可，但是在正式的場合，或想説起來正式一點的時候，便會讀 qing^2，故「申請」「邀請」「請求」多讀 qing^2 而不讀 céng^2。

　　「聽」讀書音是 ting^3，口語是 téng^1，所以有「聽 téng^1 講」和「聽 ting^3 説」的文白兩讀的分別。

　　像「請」和「聽」由原來 ing 韻母白讀變成 éng 韻母的粵語字例還有不少。

📖 請細心聆聽及跟讀，注意 ing 與 éng 韻母的發音差別（加粗部分
為變調讀音）。

書面音		口語音	
訂	ding⁶	落訂	log⁶ **déng⁶**
精	jing¹	精乖	**zéng¹** guai¹
醒	xing²	瞓醒	fen³ **séng²**
病	bing⁶	胃病	wei⁶ **béng⁶**
淨	jing⁶	乾淨	gon¹ **zéng⁶**
名	ming⁴	出名	cêd¹ **méng²**
聲	xing¹	大聲	da⁶ **séng¹**

韻母練習：ing 韻母

粵語和普通話都有 ing 韻母。但和普通話相比，粵語 ing 韻母發音時開口度要
更大，舌頭位置較後和較低一些，相對發音時間也較短。

精兵	jing¹ bing¹	拼勁	ping³ ging³
姓名	xing³ ming⁴	秉承	bing² xing⁴
應徵	ying³ jing¹	京城	ging¹ xing⁴
聘請	ping³ qing²	定驚	ding⁶ ging¹
聆聽	ling⁴ ting³	伶仃	ling⁴ ding¹
命令	ming⁶ ling⁶	性情	xing³ qing⁴
情聖	qing⁴ xing³	寧靜	ning⁴ jing⁶

📖 以下是一些 ing 的字例，其中沒有拼音的，請從本課內容中找出，
把拼音寫到橫線上。另外，請聆聽音檔，跟讀各組詞例。

1. 清 qing¹、請 ＿＿＿＿＿＿ 、程 ＿＿＿＿＿＿ 、澄 qing⁴

2. 應 ＿＿＿＿＿＿ 、影 ＿＿＿＿＿＿ 、迎 ＿＿＿＿＿＿ 、營 ＿＿＿＿＿＿

3. 經 ＿＿＿＿＿＿ 、警 ging^2 、徑 ging^3 、勁 ging^6

4. 明 ming^4 、名 ＿＿＿＿＿＿ 、茗 ming^5 、命 ming^6

5. 聽 ting^1 、傾 ＿＿＿＿＿＿ 、興 ＿＿＿＿＿＿ 、定 ＿＿＿＿＿＿

第十六課 **合約洽談**

　　簽約代表商務洽談取得成功，也意味着合作關係的開展，而合約就是對合作模式的規限，包括立約雙方或各方的利益分配、權力限制和責任承擔的確定。合約如何訂立才能為自己一方帶來最大的利益？這就是彼此洽商時最大的關注點。

　　因為電子文檔在今天已普及使用，合約洽商多以書寫的方式提出意見，一方面因為可保留記錄，另一方面當觸及利益分配的敏感問題時，文字表達可減低可能引起的尷尬。所以，見面時的洽談，彼此說話客氣，未必會明言對利潤分配的真實想法。

　　不過，多用文字表達意見，並不排除隨時有口頭提問，以說話方式接續交流的可能，加上自己工作團隊也需要商量、討論，所以，在職場粵語的學習上，「合約洽談」這個課題仍然是有必要的。

會話（一）續約優惠

以下會話人物，M 代表 manager 上司，S 代表 subordinate 下屬。

contact zo² A gung¹ xi¹ méi⁶　　kêü⁵ déi⁶ fen⁶ yêg³

M　contact 咗 A 公　司　未？　佢　哋　份　約

　　聯絡了 A 公司沒有？他們那合約快

zeo⁶ geo³ kéi⁴　yiu³ zug⁶ lo³ wo³

　　就　夠　期，要　續　咯　喎。　　　**就**：快要。

　　要到期，要續約了吧。

182

S　ngam¹ ngam¹ tung⁴ kêu⁵ déi⁶ tam⁴ sang¹ gong² yun⁴ din⁶
　　啱　啱　同　佢　哋　譚　生　講　完　電
剛剛跟他們譚先生通了電

wa² kêu⁵ mang⁵ gem³ men⁶ ngo⁵ yeo⁵ mé¹ yeo¹ wei⁶
話。佢　猛　咁　問　我　有　咩　優　惠。　**猛咁**：不斷地、緊張地。
話，他不斷問我有甚麼優惠。

M　ngo⁵ déi⁶ m⁴ ga¹ ga³ ging¹ yi⁵ hei⁶ yeo¹ wei⁶ la¹ sen¹ client go³ ga³ dou¹
　　我　哋　唔　加　價　經　已　係　優　惠　啦，新　client 個　價　都
我們不加價已經是優惠了，新客戶那價格也沒

mou⁵ gem³ dei¹
冇　咁　低。
有這麼低。

S　kêu⁵ sêng² ngo⁵ déi⁶ sung³ do¹ yed¹ kéi⁴ guong² gou³ béi² kêu⁵ déi⁶
　　佢　想　我　哋　送　多　一　期　廣　告　畀　佢　哋。
他想我們多送他們一期廣告。

M　wa³ gem² jig¹ hei⁶ bin³ sêng³ gam² ga³
　　嘩！咁　即　係　變　相　減　價。
嘩！這就是變相減價。

S　kêu⁵ wa⁶ yeo⁵ hou² do¹ sen¹ mui⁴ tei² leo³ gen² kêu⁵
　　佢　話　有　好　多　新　媒　體　嘍　緊　佢，　**嘍**：提出邀請、要求。
他說有很多新媒體邀約他，

zung⁶ wa⁶ ga³ qin⁴ péng⁴ guo³ sai³ ngo⁵ déi⁶ tim¹
仲　話　價　錢　平　過　晒　我　哋　添。
還說價錢完全比我們便宜。

M　gem² néi⁵ yeo⁵ mou⁵ gong² ngo⁵ déi⁶ gé³ fad³ hong⁴

　　咁　你　有　冇　講　我　哋　嘅　發　行

　　那你有沒有説我們的發行

lêng⁶tung⁴ mong⁵ zam⁶ leo⁴ lêng⁶ a³　sen¹ mui⁴ tei²

量　同　網　站　流　量　呀？新　媒　體

量和網站流量呢？新媒體

bin¹ yeo⁵ deg¹ tung⁴ ngo⁵ déi⁶ zab⁶ ji³ fight

邊　有　得　同　我　哋　雜　誌　fight！

哪可以跟我們雜誌相比！

邊有得：哪可以。

S　kêu⁵ déi⁶ wa⁶ go³ budget m⁴ dim⁶ wo⁵

　　佢　哋　話　個　budget　唔　掂　喎　。

　　他們説財政預算不行呀。

掂：妥當、可以。

M　hou² la¹　sung³ zeo⁶ sung³ yed¹ kéi⁴　néi⁵ fai³ cêü³

　　好　啦，送　就　送　一　期，你　快　趣

　　好吧，送便送一期，你趕快草

快趣：趕快。

draft go³ yêg³ béi² ngo⁵ tei² yed¹ tei²　yin⁴ heo⁶ lig¹

draft　個　約　畀　我　睇　一　睇，然　後　扐

擬一個合約給我看一看，然後拿

扐：拿。

guo³ hêu³ béi² kêu⁵ déi⁶ qim¹ la¹

過　去　畀　佢　哋　簽　啦！

去給他們簽吧。

會話（二）先簽意向書

以下會話人物，M 代表 manager 上司，S 代表 subordinate 下屬。

M

B gung¹ xi¹ zung⁶ méi⁶ yeo⁵ heb⁶ yêg³ hei⁶ mei⁶ di¹ terms yeo⁵

B 公　司　仲　未　有　合　約，係　咪　啲 terms 有

B公司還沒有合約，是否那些條款有

men⁶ tei⁴

問　題？

問題？

S

m⁴ hei⁶　kêu⁵ déi⁶ wa⁶ OK ga³　bed¹ guo³ lou⁵ sei³ m⁴ hei² hêng¹

唔　係，佢　哋　話　OK　㗎，不　過　老　細　唔　喺　香

不是，他們説可以的，只是老闆不在香

gong² yiu³ deng² kêu⁵ fan¹ ji³ log⁶ sed⁶ wo⁵

港，要　等　佢　返　至　落　實　喎。

港，要等他回來才落實呢。

M

gem² ho² yi⁵ tung⁴ kêu⁵ déi⁶ qim¹ zêng¹ yi³ hêng³

咁，可　以　同　佢　哋　簽　張　意　向

這樣，可以先跟他們簽意向

xu¹ xin¹ néi⁵ jig¹ heg¹ jing² yed¹ zêng¹ béi² ngo⁵

書　先，你　即　刻　整　一　張　畀　我

書，你馬上做一張給我

qim¹ méng² yin⁴ heo⁶ zeo⁶ la⁴ la⁴ lem⁴ lo² guo³

簽　名，然　後　就　嗱　嗱　臨　攞　過

簽名，然後便趕快拿過

> **嗱嗱臨**：形容十分快速。

hêü³ la¹

去　啦。

去吧。

yiu³ gem³ geb¹ bed¹ yu⁴ email guo³ hêü³

S　要　咁　急　不　如　email　過　去。

要這麼急，不如電郵過去。

béi² di¹ xing⁴ yi³ hou² m⁴ hou²　yi³ hêng³ xu¹ qim¹

M　畀　啲　誠　意　好　唔　好？意　向　書　簽

拿點誠意出來好嗎？意向書簽

zo² dou¹ yiu³ tei² ju⁶ zên⁶ fai³ qim¹ fan¹ fen⁶ heb⁶

咗　都　要　睇　住，儘　快　簽　返　份　合　　　**睇住**：緊盯着。

了還要緊盯着，儘快把合同

tung⁴ fan¹ lei⁴　m⁴ hou² yeo⁵ ca¹ qi⁴

同　返　嚟，唔　好　有　差　池。　　　　**差池**：又作「差遲」，指
失誤。

簽回來，不要有失誤。

seo¹ dou²　mou⁵ men⁶ tei⁴

S　收　到，　冇　問　題。

知道，沒有問題。

🐾 詞彙 1+1

詞　彙		詞　義	同義詞	
就	zeo⁶	快要	就嚟	zeo⁶ lei⁴
猛咁	mang⁵ gem³	不斷地、緊張地	係咁	hei⁶ gem²
睇住	tei² ju⁶	緊盯着	睇實	tei² sed⁶
扐	lig¹	拿	攞	lo²
經已	ging¹ yi⁵	已	已經	yi⁵ ging¹
快趣	fai³ cêu³	趕快	快啲	fai³ di¹

詞 彙		詞 義	同 義 詞	
嗱嗱臨	la⁴ la⁴ lem⁴	趕快	嗱嗱聲	la⁴ la²/la⁴ séng¹
差池	ca¹ co³	失誤	差錯	ca¹ qi⁴

🧠 思考題

1. 會話（一）中的上司為甚麼會讓步，肯多送一期廣告給客戶？

2. 會話（一）和（二）的上司都有一個共通點？你認為是甚麼呢？

短句練習

🍐 試從 16.1 詞彙表，找出合適用詞（可多於一項）完成下列句子，並以粵語讀出。

dei⁶ lug⁶ hong⁶ gé³　　　　ngo⁵ yeo⁵ bou² leo⁴　yiu³

1. 第　六　項　嘅 _____ 我　有　保　留，要
   　　　　　　　　　　　　　　　　　　　　　　　第六項的 _____ 我有
   　　　　　　　　　　　　　　　　　　　　　　　保留，要和你再談。

   tung⁴ néi⁵ zoi³ king¹
   同　你　再　傾。

   fen⁶ yêg³ sé² ming⁴　　　　noi⁶ yung⁴ m⁴ ho² yi⁵

2. 份　約　寫　明 _____，內　容　唔　可　以
   　　　　　　　　　　　　　　　　　　　　　　　這份合約寫明_____
   　　　　　　　　　　　　　　　　　　　　　　　__，內容不可以向外
   　　　　　　　　　　　　　　　　　　　　　　　透露。

   hêng³ ngoi⁶ teo³ lou⁶
   向　外　透　露。

   néi¹ yed¹ fen⁶ hei⁶ heb⁶ tung⁴　dong¹ yin⁴ yeo⁵

3. 呢　一　份　係　合　同，當　然　有 _____。
   　　　　　　　　　　　　　　　　　　　　　　　這是一份合同，當
   　　　　　　　　　　　　　　　　　　　　　　　然有 _____。

   ngo⁵ yiu³ hao² lêu⁶ ha⁶ néi⁵ déi⁶　　　béi² lei⁶

4. 我　要　考　慮　下，你　哋 _____ 比　例
   　　　　　　　　　　　　　　　　　　　　　　　我要考慮一下，你們__
   　　　　　　　　　　　　　　　　　　　　　　　_____比例太低。

tai³ dei¹

太　低　。

leo⁶ zo²　　　　fai³ di¹ wen² kêu⁵ déi⁶ gung¹ xi¹

5.　漏　咗＿＿＿＿＿，快　啲　揾　佢　哋　公　司

bou² fan¹

補　返　。

漏了＿＿＿＿，快找他們公司補回來。

yu⁴ guo² wei² yêg³　ngo⁵ fong¹ hei⁶ yiu³　　　ga³

6.　如　果　毀　約　，我　方　係　要＿＿＿＿＿＿喫。

如果毀約，我方是要＿＿＿＿＿的呀。

heb⁶ tung⁴ guo³ zo²　　　geng² hei⁶ mou⁵ hao⁶ la¹

7.　合　同　過　咗＿＿＿＿＿，梗　係　有　效　啦。

合同過了＿＿＿＿，當然無效吧。

géi³ yin⁴ sêng¹ fong¹　　　ngo⁵ déi⁶ ho² yi⁵

8.　既　然　雙　方＿＿＿＿＿＿，我　哋　可　以

seo¹ goi² heb⁶ yêg³

修　改　合　約　。

既然雙方＿＿＿＿，我們可以修改合約。

heb⁶ yêg³ déng⁶ ming⁴ néi⁵ déi⁶ yeo⁵　　　yiu³

9.　合　約　訂　明，你　哋　有＿＿＿＿＿要

béi² bou² jing³ gem¹

畀　保　證　金　。

合格訂明，你們有＿＿＿＿要支付保證金。

fen⁶ yêg³ gé³　　　hou² qi⁵ gen¹ ji¹ qin⁴ gong² gé³

10.　份　約　嘅＿＿＿＿＿好　似　跟　之　前　講　嘅

這份合約的＿＿＿＿，好像跟之前說的不同，我要先把那協議找出來看看。

m⁴ tung⁴ ngo⁵ yiu³ lo² fen⁶ hib³ yi⁵ cêd¹ lei⁴ tei²

唔　同　，　我　要　攞　份　協　議　出　嚟　睇

ha⁶ xin¹

下　先　。

詞彙 16.1 合約有關用詞

合約	heb⁶ yêg³	合同	heb⁶ tung⁴	協議	hib³ yi⁵
甲方	gab³ fong¹	乙方	yud³ fong¹	同意	tung⁴ yi³
客戶	hag³ wu⁶	供應商	gung¹ ying³ sêng¹	承辦商	xing⁴ ban⁶ sêng¹
條文	tiu⁴ men⁴	條款	tiu⁴ fun²	細則	sei³ zeg¹
保障	bou² zêng³	權利	kün⁴ léi⁶	義務	yi⁶ mou⁶
責任	zag³ yem⁶	約束力	yêg³ cug¹ lig⁶	法律效力	fad³ lêd⁶ hao⁶ lig⁶
保密	bou² med⁶	生效	seng¹ hao⁶	有效期	yeo⁵ hao⁶ kéi⁴
無效	mou⁴ hao⁶	時效	xi⁴ hao⁶	價值	ga³ jig⁶
報酬	bou³ ceo⁴	提成	tei⁴ xing⁴	佣金	yung² gem¹
簽署	qim¹ qu⁵	簽名	qim¹ méng²	日期	yed⁶ kéi⁴
蓋章	koi³ zêng¹	打印	da² yen³	一式兩份	yed¹ xig¹ lêng⁵ fen⁶
解約	gai² yêg³	毀約	wei² yêg³	賠償	pui⁴ sêng⁴

香港職場粵語常用的英語字詞

	contract	合約	agreement	協議
	offer	提議	party	簽約方
	terms	條款	clause	條款
	signature	簽名	date	日期
簽訂合約	confidental	保密	legally binding	具法律約束力
	additional term	附加條件	appendix	附錄
	draft	擬稿	extend	延期
	renew	續約	cancel	取消
	expire	過期	black and white	黑紙白字

語音練習

「簽約」

1. 韻母練習：m 韻尾

　　「簽約」的「簽」(qim^1) 是學習粵語的一個難點。韻母收 m 韻尾的屬於雙唇鼻音韻母，發音時開始合上嘴巴直至收音，而收音後嘴巴要仍是完全合上的狀態。

　　普通話沒有雙唇鼻音這種韻母，所以當普通話也用上粵語「搞掂」($gao^2 dim^6$) 這個詞，流傳起來就變成了「掂」字沒合上嘴巴的「搞定」($gao^2 ding^6$)。

　　粵語收 m 韻尾的字音不容易發得準確，糾正的方法就是從口型着手，注意收音時嘴巴仍然閉合的發音要求，便可準確講到。

　　粵語裏收 m 韻尾的除了 im，還有 am 和 em。

🖌 以下的字詞來自本課課文，請聆聽及注意收 m 韻尾字的發音。另外，請聆聽及跟讀各組詞例。

簽約	qim¹ yêg³	搞掂	gao² dim⁶
添	tim¹	咁	gem²
減價	gam² ga³	猛咁	mang⁵ gem³
譚生	tam⁴ sang¹	嘜嘜臨	la⁴ la⁴ lem⁴
佣金	yung² gem¹	責任	zag³ yem⁶

詞例：

1. 莊嚴　　zong¹ yim⁴　　　沾染　　jim¹ yim⁵

   兼職　　gim¹ jig¹　　　　恬念　　dim³ nim⁶

   簽名　　qim¹ méng²　　　潛力　　qim⁴ lig⁶

2. 纜車　　lam⁶ cé¹　　　　車站　　cé¹ zam⁶

   鑑定　　gam³ ding⁶　　　探聽　　tam³ ting¹

   投籃　　teo⁴ lam²　　　　頭銜　　teo⁴ ham⁴

3. 金飾　　gem¹ xig¹　　　　森林　　sem¹ lem⁴

   天陰　　tin¹ yem¹　　　　昏沉　　fen¹ cem⁴

   臨時　　lem⁴ xi⁴　　　　評審　　ping⁴ sem²

2. 韻母練習：ê 韻母

「簽約」的「約」(yêg³)，同樣是學習粵語的另一難點。除了因是收音短促的入聲外，主要更因普通話根本沒有像粵語 ê 這樣的發音（跟普通話單元音 ê 發音不同）。

粵語 ê 屬圓唇音，發音時嘴巴半張開，雙唇向中央撮合成圓形，舌頭位置較前，初學者要多練這種發音方式才講到。

屬於粵音韻母 ê 的字特少，也須與聲母結合才構成如「靴 hê¹」或「鋸 gê³」等音節，其他組成的複合韻母有 êu、ên、êng、êd、êg 等。

以下列舉一些常用的詞例，請細心聆聽及跟讀。

詞例：

1. 　鋸木　$gê^3 mug^6$　　　鋸齒　$gê^3 mug^6$

　　長靴　$cêng^4 hê^1$　　　啲多　$di^1 dê^1$

2. 　佢哋　$kêu^5 déi^6$　　　去街　$hêu^3 gai^1$

　　隧道　$sêu^6 dou^6$　　　排隊　$pai^4 dêu^2$

　　一堆　$yed^1 dêu^1$　　　收據　$seo^1 gêu^3$

　　追隨　$zêu^1 cêu^4$　　　有趣　$yeo^5 cêu^3$

3. 　信用　$sên^3 yung^6$　　　鄰居　$lên^4 gêu^1$

　　酒樽　$zeo^2 zên^1$　　　進步　$zên^3 bou^6$

　　英俊　$ying^1 zên^3$　　　討論　$tou^2 lên^6$

　　純樸　$sên^4 pog^3$　　　愚蠢　$yu^4 cên^2$

4. 　香港　$hêng^1 gong^2$　　　商業　$sêng^1 yib^6$

　　上市　$sêng^5 xi^5$　　　場所　$cêng^4 so^2$

　　強勢　$kêng^4 sei^3$　　　強制　$kêng^5 zei^3$

　　糧倉　$lêng^4 cong^1$　　　信仰　$sên^3 yêng^5$

5. 　體恤　$tei^2 sêd^1$　　　恤衫　$sêd^1 sam^1$

　　卒之　$zêd^1 ji^1$　　　醫術　$yi^1 sêd^6$

　　出差　$cêd^1 cai^1$　　　法律　$fad^3 lêd^6$

　　率領　$sêd^1 ling^5$　　　比率　$béi^2 lêd^2$

6. 　卓越　$cêg^3 yud^6$　　　喉頭　$cêg^3 teo^4$

　　弱點　$yêg^6 dim^2$　　　藥水　$yêg^6 sêu^2$

　　腳部　$gêg^3 bou^6$　　　卻步　$kêg^3 bou^6$

　　簽約　$qim^1 yêg^3$　　　纖弱　$qim^1 yêg^6$

第十七課　**商務電話**

　　今天是一人一手機的年代，雖然電子郵件與許多社交媒體的出現，減低了電話在商務往來上的應用，但是，打電話有着即時對答的方便，在工作溝通上仍然不可或缺。另外，在客戶服務的平台上，電話服務須對查詢、投訴等作出即時反應，若處理不當的話，便直接損害公司形象，所以商戶都十分重視客戶的電話服務。

　　本課以致電辦公室及客戶服務為重點，介紹有關情景所用的對答，以提升商務電話應對的粵語能力。

會話（一）致電辦公室

以下會話人物，O 代表 operator 電話接線員，C 代表 caller 來電者。

zou² sen⁴　yed⁶ sen¹ gin³ zug¹ gung¹ xi¹

O　早　晨，　日　新　建　築　公　司。

　　早上好，日新建築公司。

qing² men⁶ wu⁴ ging¹ léi⁵ hei² dou⁶ ma³

C　請　問　胡　經　理　喺　度　嗎？

　　請問胡經理在嗎？

néi⁵ wen² bin¹ go³ bou⁶ mun⁴ gé³ wu⁴ ging¹ léi⁵ né¹

O　你　搵　邊　個　部　門　嘅　胡　經　理　呢？

　　你找哪一個部門的胡經理呢？

C　ngo⁵ tei² ha⁵ zêng¹ kad¹ pin² xin¹　hei⁶ coi² keo³ bou⁶ gé³ wu⁴ ging¹ léi⁵
　　我　睇　下　張　咭　片　先，係　採　購　部　嘅　胡　經　理。
　　我先看看這卡片，是採購部的胡經理。

O　coi² keo³ bou⁶ m⁴ ji² yed¹ wei² wu⁴ ging¹ léi⁵　néi⁵ ho² m⁴ ho² yi⁵
　　採　購　部　唔　只　一　位　胡　經　理，你　可　唔　可　以
　　採購部不只一位胡經理，你可不可以

　　gong² qun⁴ méng²
　　講　全　名？
　　說全名？

C　hei⁶ wu⁴ tin¹ yeo⁶ ging¹ léi⁵
　　係　胡　天　佑　經　理。
　　是胡天佑經理。

O　hou²　céng² néi⁵ deng² yed¹ deng²　kêu⁵ cêd¹ zo² hêu³ hoi¹ wui² wo³
　　好，請　你　等　一　等……佢　出　咗　去　開　會　喎。
　　好，請你等一下……他外出開會了。

　　néi⁵ sei² m⁴ sei² leo⁴ dei¹ heo² sên³ béi² kêu⁵
　　你　使　唔　使　留　低　口　訊　畀　佢？
　　你要不要留下口訊給他呢？

C　m⁴ sei² lag³　ho² m⁴ ho² yi⁵ béi² kêu⁵ go³ seo² géi¹ hou⁶ ma⁵ ngo⁵
　　唔　使　嘞，可　唔　可　以　畀　佢　個　手　機　號　碼　我？
　　不用了，可否把他的手機號碼給我？

O　m^4 hou^2 yi^3 xi^3　ngo^5 $déi^6$ m^4 $fong^1$ bin^6 gem^2 zou^6
　　唔　好　意　思　，　我　哋　唔　方　便　咁　做　。
　　不好意思，我們不便這樣做。

C　gem^2 ho^2 m^4 ho^2 yi^5 $béi^2$ $kêu^5$ $gé^3$ jig^6 xin^3 din^6 wa^2 ngo^5 da^2 guo^3
　　咁　可　唔　可　以　畀　佢　嘅　直　線　電　話　我　打　過
　　那可否給我他的直線電話，讓我打過去

　　$hêu^3$ $né^1$
　　去　呢　？
　　呢？

O　yu^4 guo^2 $kêu^5$ kad^1 pin^2 $sêng^6$ ji^2 hei^6 deg^1 $néi^1$ go^3 din^6 wa^2　gem^2 dou^1
　　如　果　佢　咭　片　上　只　係　得　呢　個　電　話　，　咁　都
　　如果他卡片上只是有這個電話，那還

　　hei^6 $céng^2$ $néi^5$ da^2 lei^4 $zung^2$ $géi^1$ la^1　ngo^5 $déi^6$ ban^6 $gung^1$ xi^4 gan^3 yed^1
　　係　請　你　打　嚟　總　機　啦，我　哋　辦　公　時　間　一
　　是請你打來總機吧，我們辦公時間

　　$ding^6$ yeo^5 yen^4 $téng^1$ din^6 wa^2 $gé^2$
　　定　有　人　聽　電　話　嘅　。
　　一定有人聽電話的。

C　gem^2 hou^2 la^1　m^4 goi^1 $néi^5$
　　咁　好　啦，　唔　該　你　。
　　那好吧，謝謝你。

配詞練習

◆ 請把各個句子按所提供用詞以粵語讀出。

1. m⁴ goi¹ ngo⁵ hei⁶　　　　　ge³　　　　sêng² wen² néi⁵ déi⁶ fan⁶
　　唔　該，我　係 ＿＿＿＿嘅（自己姓名），想　搵　你　哋　范

　　ging¹ léi⁵
　　經　理。

　　coi⁴ mou⁶ bou⁶ wei⁴ seo¹ bou⁶ gung¹ qing⁴ bou⁶
　　（財　務　部 / 維　修　部 / 工　程　部）

2. m⁴ goi¹ céng²　　　　ge³　　　　téng¹ din⁶ wa²
　　唔　該　請 ＿＿＿＿嘅＿＿＿＿ 聽　電　話。

　　heng⁴ jing³ bou⁶ hung⁴ ting⁴ lêng⁶ ju² yem⁶ can² ben² bou⁶ gong¹ tin⁴
　　（行　政　部 ＋ 洪　廷　亮　主　任 / 產　品　部 ＋ 江　田

　　xin¹ sang¹ xiu¹ seo⁶ bou⁶ léi⁵ lei⁶ yin⁴ xiu² zé²
　　先　生 / 銷　售　部 ＋ 李　麗　賢　小　姐）

3. m⁴ goi¹ jib³ noi⁶ xin³　　　　　wen²
　　唔　該　接　內　線 ＿＿＿＿ 搵 ＿＿＿＿。

　　yed¹ yi⁶ sam¹ ju¹ ging¹ léi⁵ séi³ ng⁵ lug⁶ zeo¹ lêd⁶ xi¹ ced¹ bad³ geo²
　　（一　二　三 ＋朱　經　理 / 四　五　六 ＋ 周　律　師 / 七　八　九 ＋

　　lo⁴ wui⁶ gei³
　　羅　會　計）

4.　我　係 G 新　聞　記　者　莊　強　，想　揾　你　哋　_____

ngo⁵ hei⁶Gsen¹ men⁴ géi³ zé² zong¹ kêng⁴ sêng² wen² néi⁵ déi⁶

ca⁴ sên¹

查　詢　_____。

gung¹ guan¹ bou⁶ hoi¹ fong³ yed⁶ gé³ on¹ pai⁴ kéi⁵ yib⁶ qun⁴ sên³ bou⁶

（公　關　部 + 開　放　日　嘅　安　排 / 企　業　傳　訊　部 +

pag³ xib³ gé³sen¹ qing² xi⁵ cêng⁴ bou⁶ yed¹ zung¹ teo⁴ sou³ gé³ go³ on³

拍　攝　嘅　申　請 / 市　場　部 + 一　宗　投　訴　嘅　個　案）

會話（二）處理客戶突發事件

以下會話人物，B 代表傢具店負責人，Y 代表客戶姚先生。

big¹ lei⁶ gung¹ ga¹ xi¹

B　碧　麗　宮　傢　俬。
碧麗宮傢具。

ngo⁵ mai⁵ zo² tou³ yi³ dai⁶ léi⁶ so¹ fa²　hei⁶ ha⁶ zeo³ yiu³ sung³ lei⁴ ngo⁵

Y　我　買　咗　套　意　大　利　梳　化，係　下　晝　要　送　嚟　我
我買了一套意大利沙發，是下午要送來我

qin² sêu² wan¹ néi¹ dou⁶ gé³

　淺　水　灣　呢　度　嘅。
淺水灣這裏的。

hei⁶ m⁴ hei⁶ zung⁶ méi⁶ sung³ fo³ hêu³ néi⁵ dou⁶ a³

B　係　唔　係　仲　未　送　貨　去　你　度　呀？
是不是還未送貨到你那兒呢？

m⁴ hei⁶　kêu⁵ déi⁶ sung³ yun⁴ tim¹ lag³
Y　唔　係　，　佢　哋　送　完　添　嘞　。

不是，他們已送過來了呢。

gem² qing² men⁶ yeo⁵ med¹ yé⁵ men⁶ tei⁴ né¹
B　咁　請　問　有　乜　嘢　問　題　呢　？

這樣，請問有甚麼問題呢？

néi⁵ déi⁶ bun¹ zeo² geo⁶ ga¹ xi¹　dim² ji¹ bun¹ mai⁴ ngo⁵ zêng¹ gu²
Y　你　哋　搬　走　舊　傢　俬　，　點　知　搬　埋　我　張　古

你們搬舊傢具，怎料連我那古

dung² yi² néi⁵ zêng¹ kéi⁴ sed⁶ hei⁶ ngo⁵ zou² qun⁴ gé³ xun¹ ji¹ guei³ féi¹
　董　椅　，　呢　張　其　實　係　我　祖　傳　嘅　酸　枝　貴　妃

董椅都搬走了，這張其實是我祖傳的酸枝貴妃

cong⁴　yi¹ ga¹ yeo⁵ qin² dou¹ mai⁵ m⁴ dou²
　牀　，　依　家　有　錢　都　買　唔　到　。

牀，現在有錢也買不到。

m⁴ hou² yi³ xi³　néi⁵ guei³ xing³ a³　m⁴ goi¹ néi⁵ zêng¹ seo¹ gêu³ pin¹
B　唔　好　意　思　，　你　貴　姓　呀　？　唔　該　你　將　收　據　編

不好意思，你貴姓呢？請你把收據編

hou⁶ béi² yed¹ béi² ngo⁵
　號　畀　一　畀　我　。

號給我。

ngo⁵ xing³ yiu⁴　zêng¹ dan¹ pin¹ hou⁶ hei⁶ 61612
Y　我　姓　姚　，　張　單　編　號　係　61612　。　　畀：收據。

我姓姚，這收據編號是 61612 。

B　yiu⁴ sang¹　　céng² néi⁵ deng² yed¹ deng²　　ngo⁵ jig¹
　　姚　生　，　請　你　等　一　等　，　我　即
　　姚先生，請你等一下，我立

　　heg¹ bong¹ néi⁵ gen¹　　　　　　　　　　　　跟：跟進。
　　刻　幫　你　跟　。
　　即給你跟進。

Y　bed¹ men⁶ ji⁶ cêu² wo³　　hei⁶ bai² wu¹ lung² ding⁶
　　不　問　自　取　喎　，　係　擺　烏　龍　定　　擺烏龍：弄錯。
　　不問自取啊，是弄錯還是

　　　　　　　　　　　　　　　　　　　　　　　揦嘢：偷東西。
　　yeo⁵ sem¹ tad¹ yé⁵ ga³
　　有　心　揦　嘢　㗎！
　　有心偷東西呢！

B　hou² dêu³ m⁴ ju⁶　　ngo⁵ sêng¹ sên³ hei⁶ yed¹ cêng⁴ ng⁶ wui⁶
　　好　對　唔　住　，　我　相　信　係　一　場　誤　會　。
　　很對不起，我相信是一場誤會。

　　jiu³ gei³ kêu⁵ déi⁶ mou⁵ néi⁵ ji² xi⁶ hei⁶ bun¹ m⁴ dou²
　　照　計　佢　哋　無　你　指　示　係　搬　唔　到　　照計：按道理。
　　按理他們沒有你指示是沒法搬

　　néi⁵ di¹ yé⁵ zeo² ga³ wo³　　hei⁶ m⁴ hei⁶ yeo⁵ yen⁴
　　你　啲　嘢　走　㗎　喎　。　係　唔　係　有　人
　　你的東西離開的啊！是否有人

　　giu³ kêu⁵ déi⁶ bun¹ zeo² gé³ né¹
　　叫　佢　哋　搬　走　嘅　呢　？
　　叫他們搬走的呢？

Y　gem² ngo⁵ dou¹ m⁴ ji¹　ngo⁵ dong¹ xi⁴ cêd¹ zo² hêu³
　　咁 我 都 唔 知 ，我 當 時 出 咗 去 ，
　　這我也不知道，我當時外出，

　　ug¹ kéi² jing⁶ hei⁶ deg¹ lêng⁵ go³ gung¹ yen⁴ hei² dou⁶
　　屋 企 淨 係 得 兩 個 工 人 喺 度 。　**淨係得**：只是有。
　　在家裏的只有兩個工人。

B　yi¹ ga¹ check dou² sung³ fo³ hei⁶ bin¹ tiu⁴ team gé³ yen⁴ lag³　néi⁵ fong³
　　依 家 check 到 送 貨 係 邊 條 team 嘅 人 嘞 。你 放
　　現在查到送貨的是哪一隊的人了。你放

　　sem¹ la¹　ngo⁵ déi⁶ so² yeo⁵ bun¹ wen⁶ gung¹ dou¹ hei⁶ ji⁶ géi² gung¹ xi¹
　　心 啦 ，我 哋 所 有 搬 運 工 都 係 自 己 公 司
　　心吧，我們所有搬運工都是自己公司

　　yun⁴ gung¹　go³ go³ dou¹ wen² deg¹ dou²　m⁴ wui⁵ lün² lei⁴
　　員 工 ，個 個 都 搵 得 到 ，唔 會 亂 嚟 。
　　員工，人人都找得到，不會胡來。

Y　gem² néi⁵ giu³ kêu⁵ déi⁶ jig¹ heg¹ tung⁴ ngo⁵ bun¹ fan¹
　　咁 你 叫 佢 哋 即 刻 同 我 搬 返
　　那你叫他們立即給我搬回

　　lei⁴ la¹　bed¹ guo³ bun¹ cêd¹ bun¹ yeb⁶ qin¹ kéi⁴ yiu³
　　嚟 啦 ，不 過 搬 出 搬 入 千 祈 要 　**千祈**：按道理。
　　來吧，不過搬進搬出千萬要

　　hou² séng¹ a³
　　好 聲 呀 ！　　　　　　　　**好聲**：小心。
　　小心呀 !

	hou^2	ngo^5	yi^1	ga^1	da^2	béi^2	kêu^5	déi^6	ji^1	heo^6	ngo^5	zoi^3	da^2	din^6	wa^2

B　好 ， 我 依 家 打 畀 佢 哋 ， 之 後 我 再 打 電 話

好，我現在打給他們，之後我再打電話

fug^1　néi^5　la^1

覆 　你 　啦 。

回覆你吧。

gem^2　m^4　goi^1　sai^3　néi^5　lag^3

Y　咁 　唔 　該 　晒 　你 　嘞 。

那麻煩你了。

實用句子練習

致電辦公室

　　致電辦公室，要清楚說出要找的是誰，如果對方有秘書的話，秘書通常會問來電者的姓名、身份和事由。假如未能通話，來電者可以留下訊息及聯絡方法。

✎　請兩位同學一組，分飾 A 和 B，從 A 和 B 選出詞組搭配，反覆進行練習。

A		med^6 leo^4 bou^6 gé^3 物　流　部　嘅	lêng^4 ging^1 léi^5 梁　經　理
	m^4 goi^1 ， ngo^5 wen^2 唔　該 ， 我　搵	zou^1 mou^6 bou^6 gé^3 租　務　部　嘅	fung^4 xiu^2 qing^1 ju^2 yem^6 馮　小　清　主　任
		coi^2 keo^3 bou^6 gé^3 採　購　部　嘅	wong^4 gin^1 xin^1 sang^1 黃　堅　先　生
		xiu^1 seo^6 bou^6 gé^3 銷　售　部　嘅	jiu^6 gün^1 xiu^2 zé^2 趙　娟　小　姐

B kêu⁵ cêd¹ zo² hêu³ méi⁶ fan¹
佢　出　咗　去　未　返

kêu⁵ gong² gen² din⁶ wa²
佢　講　緊　電　話

néi⁵ bin¹ wei²
你　邊　位？

kêu⁵ gem¹ yed⁶ mou⁵ fan¹ gung¹
佢　今　日　冇　返　工

kêu⁵ gem¹ yed⁶ yeo¹ xig¹
佢　今　日　休　息

mé¹ xi⁶ wen² kêu⁵ né¹
咩　事　搵　佢　呢？

kêu⁵ cêd¹ zo² ca¹ wo³
佢　出　咗　差　喎

A

cêd¹ cé¹ gé³ on¹ pai⁴
出　車　嘅　安　排

ngo⁵ hei⁶ gai¹ wei⁵ yêng⁴
我　係　佳　偉　洋

gao¹ zou¹ gé³ xi⁶
交　租　嘅　事

hong² gé³　　　sêng² men⁶ ha⁵
行　嘅（自己姓名）想　問　下

jiu¹ biu¹ gé³ xi⁶
招　標　嘅　事

doi⁶ léi⁵ gé³ men⁶ tei⁴
代　理　嘅　問　題

B néi⁵ gé³ lün⁴ log³ din⁶ wa² hei⁶
你　嘅　聯　絡　電　話　係？

A ngo⁵ gé³ din⁶ wa² hou⁶ ma⁵ hei⁶
我　嘅　電　話　號　碼　係　<u>（給八個數字）</u>。

B ngo⁵ cung⁴ fug¹ yed¹ qi³　　hei⁶
我　重　覆　一　次，　係　<u>（重覆之前的八個數字）</u>。

203

A　　ngam¹ lag³　　m⁴ goi¹ sai³ néi⁵
　　啱　嘞，　唔　該　晒　你。

B　　m⁴ sei² hag³ héi³
　　唔　使　客　氣。

客戶服務電話

　　客戶服務就是企業機構服務的展現，直接影響客戶對企業的信心。處理客戶服務電話，需要注意相關的禮儀，一般來說，可以簡單分為五個步驟：

1. 招呼語：電話進線入來後，讓客戶知道找對了地方。

2. 詢問客戶需求：主動詢問客戶需要。

3. 確認客戶訊息：與客戶確認資訊。

4. 處理問題：提供服務或資訊。

5. 結束語：讓客戶知道服務已經完成。

　　試讀出及理解下表的各句說話，請把它們歸類為上述客戶服務中的一項，在括號裏寫上相關的數字。

(a) wei¹ wong⁴ biu¹ hong⁴ ngo⁵ xing³ lei⁴ 　　威　煌　錶　行，　我　姓　黎。	（　）
(b) qing² men⁶ yeo⁵ mé¹ ho² yi⁵ wei⁶ néi⁵ fug⁶ mou⁶ 　　請　問　有　咩　可　以　為　你　服　務？	（　）
(c) do¹ zé⁶ néi⁵ gé³ din⁶ wa² 　　多　謝　你　嘅　電　話。	（　）

(d)

kog³ ying⁶ yed¹ ha⁵ néi⁵ hei⁶ sêng² ji¹ dou⁶ seo² teo⁴
確　認　一　下，你　係　想　知　道　手　頭

( )

zêng¹ yeo¹ wei⁶ gün³ hou⁶ ma⁵ 54321 hei⁶ mei⁶ m⁴
張　優　惠　券，號　碼　54321，係　咪　唔

ho² yi⁵ mai⁵ lig⁶ xi⁶ hei⁶ lid⁶ gé³ can² ben²
可　以　買　力　氏　系　列　嘅　產　品？

(e)

kog³ ying⁶ yed¹ ha⁵ néi⁵ hei⁶ sêng² zêng¹ tung⁴ wei⁴
確　認　一　下，你　係　想　將　同　維

( )

seo¹ bou⁶ gé³ yu⁶ yêg³ xi⁴ gan³ goi² wei⁴ ting¹ yed⁶ sêng⁶
修　部　嘅　預　約　時　間，改　為　聽　日　上

zeo³ geo² dim² zung¹
晝　九　點　鐘？

(f)

ngo⁵ gé³ jig⁶ xin³ hou⁶ ma⁵ hei⁶ 55443322 yeo⁵men⁶ tei⁴
我　嘅　直　線　號　碼　係　55443322。有　問　題

( )

fun¹ ying⁴ néi⁵ zoi³ da² din⁶ wa² béi² ngo⁵
歡　迎　你　再　打　電　話　畀　我。

(g)

fung¹ xing⁶ din⁶ héi³ ngo⁵ hei⁶ a³ Jack
豐　盛　電　器，我　係　阿 Jack。

( )

205

(h) m⁴ hou² yi³ xi¹ zêng¹ yeo¹ wei⁶ gün³ jing⁶ hei⁶ ho² yi⁵
唔 好 意 思， 張 優 惠 券 淨 係 可 以

mai⁵ xing¹ qi⁴ biu¹ kéi⁴ ta¹ pai⁴ ji² dou¹ m⁴ yung⁶ deg¹
買 星 馳 錶， 其 他 牌 子 都 唔 用 得。   ( )

(i) yeo⁵ med¹ yé⁵ ho² yi⁵ bong¹ dou² néi⁵
有 乜 野 可 以 幫 到 你？   ( )

(j) ngam¹ ngam¹ tung⁴ wei⁴ seo¹ bou⁶ book zo² xi⁴ gan³
啱 啱 同 維 修 部 book 咗 時 間，

mou⁵ men⁶ tei⁴ ga³ lag³
冇 問 題 㗎 嘞。   ( )

👄 香港地粵語

職場常見慣用語

　　以下列舉一些流行於職場的慣用語，有些本身是粵語方言，有些起源於影視廣播而流行，反正來源廣泛不用深究，重要是掌握它們的用法，不鬧出笑話。

dim⁶ 掂	指事情辦妥，如形容人是表示這個人很能幹； 反義詞是「唔掂」。
yeo⁵ liu² dou³ 有 料 到	指有消息，如形容人是表示這個人很有實力； 反義詞是「冇料到」。

206

seo¹ dou² 收　到	知道。
sung¹ yen⁴ 鬆　人	離開、溜走。
béi³ lou¹ 秘　撈	做兼職。
péi⁴ fei³ 皮　費	成本。
mé¹ féi¹ 揹　飛	負起責任。
zêd¹ sou² 捽　數	形容被上司不斷催促，要達到某個營業指標。
dug¹ sou² 篤　數	誇大款項數目。
dug¹ bui³ jig³ 篤　背　脊	在別人背後說壞話。
zong⁶ ban² 撞　板	碰釘子。
zad³ jig¹ 紮　職	升職，多用於紀律部隊。

zad³ jig¹ 射　波	裝病看醫生，把工作推卸給別人。
mou⁵ deg¹ fight 冇　得 fight	把其他人比下去。
ten¹ pop 吞 pop	偷懶，擅自離開工作崗位。
yêng⁴ zo² 揚　咗	公開。
kem² ju⁶ 冚　住	保密。

語音練習

「電話」

1. 聲母練習：w 聲母

電話的「話」（wa²）和開會的「會」（wui²）都是 w 聲母。

粵語 w 聲母屬於圓唇化的舌根音聲母，與普通話 w 聲母發音相比，兩唇收攏較緊，以及發音部位在較後的舌根位置。以下是本課裏一些 w 聲母的字例，請聆聽音檔，注意字例的發音。

烏	威	維	惠	回	會	搵	運
wu¹	wei¹	wei⁴	wei⁶	wui⁴	wui⁵	wen²	wen⁶

試跟錄音讀出下列各句，並把有 w 聲母的字圈出來。

1. 我係呢個會嘅委員。

2. 請隨便搵位坐。

3. 大家可以對計劃書交換一下意見。

4. 佢生活喺幻想嘅世界。

5. 唔該請胡宏偉先生聽電話。

2. 韻母練習：in 韻母

電話的「電」(din⁶) 是 in 韻母，in 韻母是講普通話人士學習粵語的一個難點，因為普通話也有 in 韻母，但是粵語 in 韻母的字在普通話中都不是 in 韻母，致使說粵語時很容易把 in 韻母的字唸錯。

以下是本課裏一些 in 韻母的字例，請聆聽音檔，注意字例的發音。

編	片	建	然	勉	便
pin^1	pin^2	gin^3	yin^4	min^5	bin^6

試跟錄音讀出下列各句，並把有 in 韻母的字圈出來。

1. 呢套戰爭片仲未上演。

2. 呢份工可以展現佢嘅才華。

3. 呢度剪髮講明免貼士。

4. 電話另一邊似乎用咗變聲器。

5. 我哋連續四年攞到科研嘅獎項。

3. in 韻母和 ing 韻母

ing 韻母在　課已有介紹，這裏比較一下 in 韻母與 ing 韻母的發音。in 韻母是舌尖鼻音韻母，收音時舌尖上翹接觸上齒齦；ing 韻母則是舌根鼻音韻母，收音時

舌根抵住軟顎，舌面平放。

以下是本課裏 in 韻母和 ing 韻母的一些字例，請聆聽音檔，比較
兩者發音的不同。

堅 gin¹	經 ging¹	錢 qin²	請 qing²
先 xin¹	星 xing¹	線 xin³	姓 xing³
天 tin¹	聽 ting¹	田 tin⁴	廷 ting⁴
千 qin¹	清 qing¹	電 din⁶	定 ding⁶

以下段落是摘選自香港粵語歌《有誰共鳴》的幾句歌詞，試把有 in 韻母和 ing
韻母的字例分別找出來，加以識別。

抬頭望星空一片靜，我獨行，夜雨漸停。無言是此刻的冷靜，笑問
誰，肝膽照應？

附　錄

課文練習答案

第三課 自我介紹（上）

語音練習

1. 聲調比較練習

1. 自己　ji⁶ géi²
2. 住址　ju⁶ ji²
3. 輔導　fu⁶ dou⁶
4. 喺度　hei² dou⁶
5. 早會　zou² wui⁶

2. 聲母練習

1. 我（係）重（慶）人。
2. 佢住（喺）（河）南，唔（係）（海）南。
3. 邊個（喺）（香）港大（學）讀健（康）管理？
4. 我想報（考）呢度嘅見習（行）政人員。
5.「保（險）中介人資格（考）試」要（喺）網上報名。

第四課 自我介紹（下）

短句練習

1. 細心
2. 跑步
3. 做 gym
4. 重視溝通
5. 外向
6. 重視紀律

語音練習

1. fo¹　科
2. go¹　歌
3. so²　所
4. lo²　攞
5. zo²　咗

6. ho²　可
7. co³　錯
8. go³　個
9. zo⁶　助

學生（哥）好溫功（課），咪淨係掛住踢（波）。
最弊肥佬（咗），有陰功（咯），同學亦愛莫能（助）。

第五課 求職面試常見問題

思考題

1. 用「你哋」、「貴公司」或「你哋公司」來稱呼對方都可以，所謂「較好」只是看當時情況用哪一個較為合適，例如用「貴公司」比較莊重、客套，假如對方看重文化涵養的便比較合適；「你哋公司」說來較為自然，簡化說法就是「你哋」，可以予人一種聊天似的親切感。

2. 第 4 項回答較見熱誠，因「我一直好鍾意你哋……」說出了很長一段時間的喜歡，「我好想加入你哋嘅團隊」表達了加入對方團隊的盼望。

短句練習 (5.1 詞彙表)

1. 真誠正直
2. 反歧視政策
3. 重視員工價值
4. 以客為尊

短句練習 (5.2 詞彙表)

1. 巴士、轉車
2. 搭船
3. 行路
4. 出閘

語音練習

（一）	（二）
申請 sen(1) qing(2)	神情 sen(4) qing(4)
重視 zung(6) xi(6)	縱使 zung(3) xi(2)
鍾意 zung(1) yi(3)	中醫 zung(1) yi(1)
領導 ling(5) dou(6)	令到 ling(6)dou(3)
熟悉 sug(6) xig(1)	熟食 sug(6) xig(6)
管理 gun(2) léi(5)	官吏 gun(1) léi(6)
點做 dim(2) zou(6)	店租 dim(3)zou(1)
方便 fong(1)bin(6)	防變 fong(4) bin(3)
預算 yu(6)xun(1)	漁船 yu(4) xun(4)
事務 xi(6) mou (6)	師母 xi(1) mou(5)

第六課 電話應對

回答短句

(A)	(1)	（e）
	(2)	（h）
	(3)	（a）
	(4)	（f）
	(5)	（c）
	(6)	（b）
	(7)	（g）
	(8)	（d）

語音練習

1. (參) 觀 (茶) (園)
   c   c   y

2. (寸) 步 難 (移)
   c   y

3. (出) (爾) 反 (爾)
   c   y   y

3. (超) (前) (研) 究
   c   c   y

4. (隨) 時 (簽) (約)
   c   c   y

5. 笑 (容) (親) (切)
   y   c   c

第七課 入職手續、待遇及上班安排

短句練習

1. 醫療津貼
2. 出糧
3. 膳食資助
4. 員工宿舍
5. 人工
6. 上司、下屬
7. 進修資助
8. 兼職

疑問句練習

1. 點解體檢報告仲未送過嚟？
2. 你有冇寫低「緊急聯絡人」嘅資料？
3. 證件要用電子定係實體相？
4. 你係邊一年入職嘅？
5. 你做咗銷售幾多年？
6. 你係幾時聽到消息嘅？
7. 邊位想搵陳經理？
8. 你點睇呢單新聞？
9. 快遞嘅地址送去邊度？
10. 領取禮品嘅分店有邊幾間？
11. 使唔使等佢返嚟先至開會？
12. 佢哋達成咗乜嘢協議？
13. 公司出糧係每個月邊日？
14. 邊個部門嚟咗新人？
15. 將新聞稿提早兩日發，得唔得？

語音練習

1. 合約入面有咩條款？
2. 我冇聽到佢講咩。
3. 你係咪識公司嘅董事？
4. 佢係咪由總公司調過嚟？
5. 我哋因間食咩？
6. 因間劉生嚟到，馬上通知我。

7. 這一團總共有卅二人。

8. 這架車裝咗七呀八箱礦泉水。

9. 報咗名嘅,係九十定係九呀一個職員?

10. 喺一百卅五人之中,有十一人請咗病假,兩人無故缺席。

第八課 認識新同事及公司各部門

短句練習

1. 醫療津貼

2. 出糧

3. 膳食資助

4. 員工宿舍

5. 人工

6. 上司、下屬

7. 進修資助

8. 兼職

語音練習

陰入第一聲

1. (出)(色)　　　　2. (區)域

3. 房(屋)　　　　　4. 得(益)

5. (積)極　　　　　6. 會議(室)

中入第三聲

1. (接)力　　　　　2. 清(潔)

3. 會(客)室　　　　4. (發)達

5. 合(約)　　　　　6. 隔(音)(設)備

陽入第六聲

1. 樹(木)　　　　　2. 落(葉)

3. 技(術)　　　　　4. 食(物)

5. 出(入)　　　　　6. 客戶(服)務

第九課 請假、加班及報銷申請

短句及配詞練習 (9.1 詞彙表)

1. 有薪年假

2. 加班費

3. 產假

4. 補水

5. 揩

6. 揀

7. 話事

8. 返

短句及配詞練習 (9.2 詞彙表)

1. 公數

2. 簽名

3. 簽名

4. 限額

5. 攞齊

6. 梗係

7. 冇可能

8. 喺邊

語音練習

入聲 b 韻尾

2　執 zeb^1 、拾 seb^6 、入 yeb^6

3　貼 tib^3 、粒 lib^1 、業 yib^6

第十課 向上司請示及匯報

思考題

1. 他提出了「補假」和提高兩個展銷會的獎金。

2. 第一次的顧慮是:「我哋個 burget 真係好緊」,所以提出「不如補假啦」。第二次的顧慮是怕補假影響展銷會,所以表示:「儘量搞掂兩個展銷會至好放」。第三次的顧慮是怕員工胡亂計工

時，所以責成主管要嚴格監管，「咪食飯、傾偈又計數」。

實用句子練習

4	我知㗎嘞	ngo⁵ ji¹ ga³ lag³	我知道了
5	係嘅	hei⁶ gé³	是的
6	好嘅	hou² gé³	好的
7	我會小心嘞	ngo⁵ wui⁵ xiu² sem¹ lag³	我會小心了

語音練習

入聲 d 韻尾

1. 擦 _cad³_ 、察 _cad³_ 、法 _fad³_
2. 不 _bed¹_ 、物 _med⁶_ 、核 _hed⁶_
3. 跌 _did³_ 、秩 _did⁶_ 、節 _jid³_
4. 喝 hod³ 、渴 hod³ 、褐 hod³ 、葛 god³ 、割 god³
5. 活 _wud⁶_
6. 律 _lêd⁶_
7. 月 _yud⁶_

第十一課 公事溝通及日常閒談

實用句子練習

1. 大家食飯先。
2. 打印文件先。
3. 你放好證件先。
4. 食飯先，填飽個肚至開會。
5. 頭先我閂咗電腦至離開。
6. 呢個位做幾耐先可以升職？
7. 我講幾多次你先至聽得明？
8. 加班費等月尾出糧嗰陣至一齊出。

語音練習

入聲 g 韻尾

1. 百 _bag³_

2. 得 _deg¹_
3. 石 ség⁶ 、隻 zég³ 、踢 tég³ 、吃 hég³ 、劇 kég⁶
4. 食 _xig⁶_ 、席 _jig⁶_
5. 博 bog³ 、索 sog³ 、幕 mog⁶ 、國 kuog³ 、諾 nog⁶
6. 服 _fug⁶_ 、局 _gug⁶_
7. 約 _yêg³_

第十二課 對下屬的工作指令及訓示

思考題

1. 上司對 Cola 的指令是清晰的，資料包括：

   時間：從翌日開始；

   時期：一個禮拜；

   部門：財務部；

   主管：財務部王太。

   除了把資料說清楚，他還交代了臨時調動的原因。

2. Mary 令上司生氣的原因計有：

   一．遲到令所有客人等候；

   二．浪費了公司的車票；

   三．那次的遲到並非第一次；

   四．浪費了公司的車票還想報銷車費。

實用句子練習

訓示的句子

(a) 唔 該 你 做 嘢 認 真 啲 。 m⁴ goi¹ néi⁵ zou⁶ yé⁵ ying⁶ zen¹ di¹	(✓)	
(b) 唔 好 再 有 下 次 。 m⁴ hou² zoi³ yeo⁵ ha⁶ qi³	(✓)	
(c) 我 留 喺 度 同 大 家 一 齊 OT 。 ngo⁵ leo⁴ hei² dou⁶ tung⁴ dai⁶ ga¹ yed¹ cei⁴ OT	( )	
(d) 你 自 己 諗 下 辦 法 改 善 啦 。 néi⁵ ji⁶ géi² nem² ha⁶ ban⁶ fad³ goi² xin⁶ la¹	(✓)	

(e) 你 揀 準 時 返 工 定 係 唔 使 返 工？ ngo³ gan² zên² xi⁴ fan¹ gung¹ ding⁶ hei⁶ m⁴ sei² fan¹ gung¹	(✓)
(f) 做 得 好。 zou⁶ deg¹ hou²	( )
(g) 生 意 難 做，公 司 決 定 凍 薪。 sang¹ yi³ nan⁴ zou⁶ gung¹ xi¹ küd³ ding⁶ dung³ sen¹	( )
(h) 小 心 啲 做 嘢 就 唔 會 出 錯。 xiu² sem¹ di¹ zou⁶ yé⁵ zeo⁶ m⁴ wui⁵ cêd¹ co³	(✓)
(i) 辛 苦 晒 大 家，我 請 飲 下 午 茶。 sen¹ fu² sai³ dai⁶ ga¹ ngo⁵ céng² yem² ha⁵ ng⁵ ca⁴	( )
(j) 你 做 嘢 快 手 啲 得 唔 得？ néi⁵ zou⁶ yé⁵ fai³ seo² di¹ deg¹ m⁴ deg¹	(✓)

1. 請你做事認真一點。
2. 不要再有下次。
3. 你自己想想辦法改善吧。
4. 你選擇準時上班還是不用上班？
5. 做事小心便不會出錯。
6. 你做事爽快一些可以嗎？

語音練習

聲母練習：n 聲母

內	難	你
noi⁶	nan⁴	néi⁵

韻母練習：éi 韻母

1. g éi¹ 機	2. g éi² 己
3. k éi² 企	4. k éi⁴ 其
5. n éi¹ 呢	6. f éi¹ 飛
7. n éi² 起	8. d éi⁶ 哋

愛上 (你) 總會流言 (蜚)(蜚)，聽說 (你) 對待 情像馬 (戲)，開心過便失憶，欣賞過便唾 (棄)，愛你同時亦要憎自 (己)。

第十三課 日常會議

短句及配詞練習 (13.1 詞彙表)

1. 出席
2. 贊成
3. 議決
4. 秘書
5. 討論
6. 報告

會議發言配對練習

會 議 程 序	
議事項目	內 容
一.開會詞	a, i
二.通過上次會議記錄	f
三.報告事項	b
四.前議事項	g
五.新議事項	c,h
六.其他事項	d
七.散會詞	e

第十四課 會議簡報

語音練習

聲母練習：n 聲母

1. 分行
2. 三文魚
3. 影片
4. 裁縫
5. 舊年
6. 市佔率

第十五課 公司拜訪及邀請

短句及配詞練習 (13.1 詞彙表)

1. 參加
2. 請柬
3. 嘉賓
4. 捧場
5. 宴會
6. 坐

語音練習

韻母練習：ing 韻母

1. 請 qing²、程 qing⁴
2. 應 ying¹、影 ying²、迎 ying⁴、營 ying⁴
3. 經 ging¹
4. 名 ming⁴
5. 傾 king¹、興 hing¹、定 ding⁶

第十六課 合約洽談

思考題

1. 主要是聽到對方「個 budget 唔掂」即原有條件未必可以簽約。
2. 他們都會抓緊時間，要求與客戶儘快簽約。

短句練習 (16.1 詞彙表)

1. 條款
2. 保密
3. 法律效力
4. 佣金
5. 簽名
6. 賠償
7. 有效期
8. 同意
9. 責任
10. 提成

第十七課 商務電話

實用句子練習

客戶服務電話

	( )
(a) wei¹ wong⁴ biu¹ hong⁴ ngo⁵ xing¹ lei⁴ 威 煌 錶 行 ，我 姓 黎。	(1)
(b) qing² men⁶ yeo⁵ mé¹ ho² yi⁵ wei⁶ néi¹ fug⁶ 請 問 有 咩 可 以 為 你 服 mou⁶ 務 ？	(1)
(c) do¹ zé⁶ néi¹ gé³ din⁶ wa² 多 謝 你 嘅 電話。	(5)
(d) kog³ ying⁶ yed¹ ha⁵ néi¹ hei⁶ sêng² ji¹ dou⁶ 確 認 一 下，你 係 想 知 道 seo² teo⁴ zêng¹ yeo¹ wei⁶ gün³ hou⁶ ma⁵ 手 頭 張 優 惠 券，號 碼 54321 hei⁶ mei⁵ m⁴ ho² yi⁵ mai⁵ lig⁶ 54321，係 咪 唔 可 以 買 力 xi⁶ hei⁶ lid⁶ gé³ can² ben² 氏 系 列 嘅 產 品 ？	(3)
(e) kog³ ying⁶ yed¹ ha⁵ néi¹ hei⁶ sêng² zêng¹ tung⁴ 確 認 一 下，你 係 想 將 同 wei⁴ seo¹ bou⁶ gé³ yu⁶ yêg³ xi⁴ gan³ goi² 維 修 部 嘅 預 約 時 間，改 wei⁴ ting¹ yed¹ sêng⁶ zeo³ geo² dim² zung¹ 為 聽 日 上 晝 九 點 鐘 ？	(3)
(f) ngo⁵ gé³ jig⁶ xin³ hou⁶ ma⁵ hei⁶ 55443322 我 嘅 直 線 號 碼 係 55443322。 yeo⁵ men⁶ tei⁴ fun¹ ying⁴ néi¹ zoi³ da² din⁶ wa² 有 問 題 歡 迎 你 再 打 電 話 béi² ngo⁵ 畀 我。	(5)
(g) fung¹ xing⁶ din⁶ héi³ ngo⁵ hei⁶ a³ Jack 豐 盛 電 器，我 係 阿 Jack。	(1)
(h) m⁴ hou² yi³ xi¹ zêng¹ yeo¹ wei⁶ gün¹ jing⁶ hei⁶ 唔 好 意 思，張 優 惠 券 淨 係 ho² yi⁵ mai⁵ xing¹ qi⁴ biu¹ kéi¹ ta¹ pai⁴ ji² 可 以 買 星 馳 錶，其 他 牌 子 dou¹ m⁴ yung⁶ deg¹ 都 唔 用 得。	(4)
(i) yeo⁵ med¹ yé⁵ ho² yi⁵ bong¹ dou² néi⁵ 有 乜 嘢 可 以 幫 到 你 ？	(2)
(j) ngam¹ ngam¹ tung⁴ wei⁴ seo¹ bou⁶ book 啱 啱 同 維 修 部 book zo² xi⁴ gan³ mou⁵ men⁶ tei⁴ ga³ lag³ 咗 時 間，冇 問 題 㗎 嘞。	(4)

語音練習

聲母練習：w 聲母

1. 我係呢個（會）嘅（委）員。
2. 請隨便（搵）（位）坐。
3. 大家可以對計（劃）書交（換）一下意見。
4. 佢生（活）喺（幻）想嘅世界。
5. 唔該請（胡）（宏）（偉）先生聽電（話）。

韻母練習：in 韻母

1. 呢套（戰）爭（片）仲未上（演）。
2. 呢份工可以（展）（現）佢嘅才華。
3. 呢度（剪）髮講明（免）貼士。
4. （電）話另一（邊）似乎用咗（變）聲器。
5. 我哋（連）續四（年）攞到科（研）嘅獎項。

in 韻母和 ing 韻母

抬頭望（星）[ing] 空一（片）（靜）[ing]，我獨行，夜雨漸（停）[ing]。無（言）[in] 是此刻的冷（靜）[ing]，笑問誰，肝膽照（應）[ing]？

粵語拼音系統對照表

說　明：對照表選取現時流行於香港及廣州粵語注音系統，與本書粵音系統對照。
　　　　有關系統依據如下：

- 本書採用廣州話拼音方案，依饒秉才《廣州音字典》(廣州：廣東人民出版社，1983 年 5 月) 修訂系統。
- 黃錫凌《粵音韻彙 (修訂重排本)》(香港：中華書局，1979 年)
- 黃港生《商務新詞典》(香港：商務印書館，2015 年)
- 香港教育署語文教育學院中文系編《常用字廣州話讀音表 (一九九二年修訂本)》(香港：香港教育署語文教育學院，1992 年)
- 香港語言學學會《粵語拼音方案》(香港：香港語言學學會，1993 年)
- 詹伯慧主編《廣州話正音字典》(廣州：廣東人民出版社，2004 年第 2 版)
- 何文匯等編《粵音正讀字彙》(香港：香港教育圖書公司，2016 年第 4 版)

聲　母

本書	國際音標	粵音韻彙	商務新詞典	香港語文教育學院	香港語言學學會	廣州話正音字典	粵音正讀字彙
b	p	b	b	b	b	b	b
p	pʻ	p	p	p	p	p	p
m	m	m	m	m	m	m	m
f	f	f	f	f	f	f	f
d	t	d	d	d	d	d	d
t	tʻ	t	t	t	t	t	t
n	n	n	n	n	n	n	n
l	l	l	l	l	l	l	l

續上表

本書	國際音標	粵音韻彙	商務新詞典	香港語文教育學院	香港語言學學會	廣州話正音字典	粵音正讀字彙
g	k	g	g	g	g	g	g
k	kʻ	k	k	k	k	k	k
h	h	h	h	h	h	h	h
ng	ŋ	ŋ	ŋ	ng	ng	ng	ŋ
gu	kw	gw	gw	gw	gw	gw	gw
ku	kʻw	kw	kw	kw	kw	kw	kw
z、j	tʃ	dz	dz	dz	z	dz	dz
c、q	tʃʻ	ts	ts	ts	c	ts	ts
s、x	ʃ	s	s	s	s	s	s
y	j	j	j	j	j	j	j
w	w	w	w	w	w	w	w

韻　母

本書	國際音標	粵音韻彙	商務新詞典	香港語文教育學院	香港語言學學會	廣州話正音字典	粵音正讀字彙
a	a	a	a	aa	aa	aa	a
ai	ai	ai	ai	aai	aai	aai	ai
ao	au	au	au	aau	aau	aau	au
am	am	am	am	aam	aam	aam	am
an	an	an	an	aan	aan	aan	an
ang	aŋ	aŋ	aŋ	aang	aang	aang	aŋ
ab	ap	ap	ap	aap	aap	aap	ap
ad	at	at	at	aat	aat	aat	at

續上表

本書	國際音標	粵音韻彙	商務新詞典	香港語文教育學院	香港語言學學會	廣州話正音字典	粵音正讀字彙
ag	ak	ak	ak	aak	aak	aak	ak
ei	ɐi	ɐi	ɐi	ai	ai	ai	ɐi
eo	ɐu	ɐu	ɐu	au	au	au	ɐu
em	ɐm	ɐm	ɐm	am	am	am	ɐm
en	ɐn	ɐn	ɐn	an	an	an	ɐn
eng	ɐŋ	ɐŋ	ɐŋ	ang	ang	ang	ɐŋ
eb	ɐp	ɐp	ɐp	ap	ap	ap	ɐp
ed	ɐt	ɐt	ɐt	at	at	at	ɐt
eg	ɐk	ɐk	ɐk	ak	ak	ak	ɐk
é	ɛ	ɛ	ɛ	e	e	e	ɛ
éi	ei	ei	ei	ei	ei	ei	ei
éng	ɛŋ	ɛŋ	ɛŋ	eng	eng	eng	ɛŋ
ég	ɛk	ɛk	ɛk	ek	ek	ek	ɛk
i	i	i	i	i	i	i	i
iu	iu	iu	iu	iu	iu	iu	iu
im	im	im	im	im	im	im	im
in	in	in	in	in	in	in	in
ing	Iŋ	iŋ	iŋ	ing	ing	ing	iŋ
ib	ip	ip	ip	ip	ip	ip	ip
id	it	it	it	it	it	it	it
ig	Ik	ik	ik	ik	ik	ik	ik
o	ɔ	ɔ	ɔ	o	o	o	ɔ
oi	ɔi	ɔi	ɔi	oi	oi	oi	ɔi

續上表

本書	國際音標	粵音韻彙	商務新詞典	香港語文教育學院	香港語言學學會	廣州話正音字典	粵音正讀字彙
ou	ou	ou	ou	ou	ou	ou	ou
on	ɔn	ɔn	ɔn	on	on	on	ɔn
ong	ɔŋ	ɔŋ	ɔŋ	ong	ong	ong	ɔŋ
od	ɔt	ɔt	ɔt	ot	ot	ot	ɔt
og	ɔk	ɔk	ɔk	ok	ok	ok	ɔk
ê	œ	œ	œ	oe	oe	oe	œ
êu	øy	œy	œy	oey	eoi	oey	œy
ên	øn	œn	œn	oen	eon	oen	œn
êng	œŋ	œŋ	œŋ	oeng	oeng	oeng	œŋ
êd	øt	œt	œt	oet	eot	oet	œt
êg	œk	œk	œk	oek	oek	oek	œk
u	u	u	u	u	u	u	u
ui	ui	ui	ui	ui	ui	ui	ui
un	un	un	un	un	un	un	un
ung	ʊŋ	uŋ	uŋ	ung	ung	ung	uŋ
ud	ut	ut	ut	ut	ut	ut	ut
ug	ʊk	uk	uk	uk	uk	uk	uk
ü	y	y	y	y	yu	y	y
ün	yn	yn	yn	yn	yun	yn	yn
üd	yt	yt	yt	yt	yut	yt	yt
m	m̩	m̩	m	m	m	m	m̩
ng	ŋ̩	ŋ̩	ŋ	ng	ng	ng	ŋ̩

聲　調

	本書	國際音標	粵音韻彙	商務新詞典	香港語文教育學院	香港語言學會	廣州話正音字典	粵音正讀字彙
陰平	1	1	ˈ□	1	1	1	1	ˈ□
陰上	2	2	′□	2	2	2	2	✓□
陰去	3	3	ˉ□	3	3	3	3	ˉ□
陽平	4	4	ˌ□	4	4	4	4	ˌ□
陽上	5	5	ˌ□	5	5	5	5	✓□
陽去	6	6	ˍ□	6	6	6	6	ˍ□
陰入	1	1	ˈ□	7	7	1	7	ˈ□
中入	3	3	ˉ□	8	8	3	8	ˉ□
陽入	6	6	ˍ□	9	9	6	9	ˍ□